나는 나를 사랑한다

나는 나를 사랑한다

초판 1쇄 찍음 2010년 4월 6일
초판 1쇄 펴냄 2010년 4월 10일

지은이 | 허태수
사진 | 신상아

편집디자인 | 안승철
인쇄 | 한영문화사

펴낸이 | 김제구
펴낸곳 | 리즈앤북

등록번호 | 제 22-741호 등록일자 2002년 11월 15일
주소 | 121-841 서울시 마포구 서교동 463-31 플러스빌딩 4층
전화 | 02)332-4037 팩스 | 02)332-4031
이메일 riesnbook@paran.com

ISBN 978-89-90522-58-0 (03810)

학곡리 촌장의 긍정일기

나는 나를 사랑한다

허태수 지음

리즈앤북
ries & book

정신이 건강한 사람은 자기에게

어떤 결점이나 부족한 점이 있다 하더라도

다른 능력을 발휘하여 그 부족한 점을 메운다.

마이너스를 플러스로 전환시키는 점에 인생의 묘미가 있다.

소경은 보지 못하는 대신에 청각이 보통 이상으로 예민하다.

왼손이 오른손에 비하여 부자유스러운 것은,

오른손만 쓰고 왼손을 사용하지 않기 때문이다.

왼손도 자주 사용하면 오른손과 같이 자유롭게 쓸 수 있다.

우리는 길들이면 유용하게 쓸 수 있는 능력을 많이 가지고 있다.

스스로 못 한다고 판단하는 것이 나쁘다.

약점이나 결점이 있으면 그것을 보충할 수 있는

다른 능력을 개발하는 데 힘쓰라.

- L. 굴드

목차

1장 한 걸음 물러서니 세상이 보인다

2장 뜰 안의 달빛을 마음 속에 담는다

3장 먼저 비워내야 비로소 채워진다

4장 사람이 다니지 않으면 길이 아니다

1장
한 걸음 물러서니 세상이 보인다

———

나는 늘씬한 다리로 우아하게 걸으며 멋진 옷 매무새를 자랑하
는 그런 위인은 질색이다. 비록 작고 다리는 구부러졌더라도
두 발로 꿋꿋이 걸어가는 용기 있는 사내가 좋다.

— 아르킬로코스

능동적인 힘을 발견하라

며칠 전, 마석에 볼일이 있어서 자동차를 운전해 가평을 지나 상천에 있는 에덴휴게소를 지날 때였습니다.

자동차의 속도가 줄어들더니 아예 섰습니다. 무슨 일인가 싶어 고개를 내밀고 앞을 바라보았더니 도로 위에 작은 강아지 두 마리가 엉킨 듯 보였습니다. 2차선 도로 한복판에서 말입니다.

차가 조금씩 앞으로 나아가서 그들(?) 앞에 이르렀을 때 나는 놀라고 말았습니다. 그 장면을 잠시 보노라니 가슴이 쩍쩍 갈라졌습니다.

두 마리 강아지 중 하나는 털이 복슬복슬한 강아지고 다른 하나는 우리가 흔히 발바리라고 부르는 강아지였습니다. 이들 두 마리가 길을 건너던 중에 발바리가 그만 교통사고를 당한 것입니다. 목숨은 붙어 있었던지 축 처진 머리를 일으켜 세우려고 꿈적거리고 있었습니다. 그때 털북숭이 강아지가 위험한 차도 한가운데 쓰러진 친구의 몸을 혀로 핥으면서 일으켜 세워 보려고 애쓰는 것이었습니다.

잠시 뒤에 112 순찰차가 오더니 경관이 내렸습니다. 잠깐 그 장면을 본 경찰관은 다시 순찰차로 돌아가서 흰 장갑을 손에 끼면서 쓰러진 강아지 곁으로 다가갔습니다. 부상당한 강아지의 목덜미를 덥석 잡아서

길 밖으로 내동댕이칠 그런 분위기였습니다.

하지만 경찰관은 그렇게 하지 못했습니다. 그의 눈에도 털북숭이 강아지의 애끓는 모습이 보였기 때문일 것입니다. 그렇게 이러지도 못하고 저러지도 못하는 사이에 부상당한 강아지가 몸을 일으켜 세우기 시작했습니다. 머리는 여전히 축 늘어진 채로 말입니다. 그렇게 겨우겨우 일어난 부상당한 강아지가 비척비척 인도 쪽으로 걸어나가는 게 아닙니까?

그러자 털북숭이 강아지가 꼬리를 마구 흔들면서 좋아서 어쩔 줄 몰라 하는 것이었습니다. 아니 펄쩍펄쩍 뛰는 것처럼 보였습니다. 관중 아닌 관중도 덩달아 손뼉을 치고 경적을 울리며 환호했습니다.

며칠이 지난 지금도, 그때 그 장면만 생각하면 아찔하니 현기증이 일어나면서 이렇게 중얼거리게 됩니다.

"사랑은 능동적인 힘입니다."

그림 속으로 들어가라

러시아에서 있었던 일입니다.

어느 날 황제가 스승에게 요청했습니다.

"스승님, 제가 사는 왕궁을 방문해 주십시오. 제가 자그마한 기도처를 하나 신축했는데 그 기도처의 벽에 아름답고 신앙적인 그림을 그리고 싶습니다. 스승님께서 가장 적절한 그림을 그려 주시리라 믿습니다."

황제의 스승이 대답하길, "예, 제가 힘써 보겠습니다. 그러나 그게 1년 또는 2년, 또는 3년이 걸릴지도 모릅니다. 저는 그저 붓질만 할 뿐, 하늘에 계신 분께서 나를 통해서 그림을 그리시는 것입니다. 어떤 때는 잘 그려지다가도, 또 어떤 때는 영상이 떠오르지 않을 수도 있습니다. 저는 그저 하나의 도구일 뿐입니다."

황제가 말하길, "예, 마음대로 하시지요. 시간은 얼마든지 걸려도 좋습니다."

3년 후에 그림이 완성됐습니다. 그 스승은 기도처의 벽 전체를 그림으로 가득 채웠습니다. 아름다운 산, 강, 시내, 그리고 샘을 그렸습니다. 그리고 그가 그린 그림이 완성될 때까지는 황제에게 들어오지 말라고 했기 때문에 3년 동안을 황제는 밖에서 기다려야만 했고 그 스승에게 언제나 묻곤 했습니다.

"언제나 제가 기도처에 들어갈 수 있겠습니까?"

3년이 지난 후에야 그 스승은 말했습니다. "지금 황제께서 들어가셔도 됩니다." 황제는 조그만 기도처 안으로 들어갔습니다. 그리고 황제는 깜짝 놀랐습니다. 그 기도처는 아주 작았습니다. 그런데 그 안에 그려진 그림은 아주 방대하였습니다. 마치 깊은 산중에 자신이 들어가 있는 듯했습니다. 결코 작은 기도처라곤 생각이 들지 않았습니다. 너무 놀란 황제가 스승에게 물었습니다.

"이게 무엇입니까? 이 강은 무슨 강입니까? 이 산은 무슨 산입니까? 이 봉우리를 무엇이라 부릅니까?"

산비탈을 돌고 산을 건너 마지막 봉우리를 넘어섰을 때, 임금은 아주 아름다운 봉우리 하나를 발견했습니다. 그 봉우리 뒤로 작은 오솔길이 보이자 황제는 다시 '이 작은 길은 어디로 가는 길입니까?' 라고 스승에게 물었습니다.

그러자 스승이 대답하기를, "사실 나도 한 번도 간 적이 없습니다. 그러나 이제 가 보렵니다. 잠깐만 기다리십시오." 그리고는 스슥 걸어서 그림 속으로 들어갔습니다. 그리고 절대 돌아오지 않았습니다.

그림이 살아 있다는 말이지요. 스승은 자기 전부를 부어 넣어, 자기 전체를 드려 그 그림을 그린 것입니다. 그림은 곧 자신이고, 그 자신이 곧 그림이었던 것입니다.

우리는 누구에게 보여 주려는 그림이 아니라 언젠가는 자신이 걸어 들어갈 살아 있는 그림을 그리는 영혼의 화가가 돼야 합니다.

초심과 발걸음을 맞춰라

이러 어디 울러서 너머 덤성거리지 말어라 어디 울러서 이러 어디 너머 건대지를 말아라 어러 어디 너무 힘들다 말구서 슬슬 우겨서거라 어디 이러 어디 슬슬 다려라 어디 어 저 담불 밑으로 우겨서 안소 우겨서 마라소 너무 덤성거리지 말아라 어디 후후후 어 어디 두러를 서거러 어디 어 이러 어디 어디야 서 우겨를 서 어디 어 마라서 너머 힘들다 말구서 다려라 옆에 소를 살살 마라소 물러서거라 어디 도라서 후후이.

두 마리 소가 하나의 멍에를 메고 밭을 갑니다. 이때 왼쪽 소를 '안소'라고 하고 오른쪽 소를 '마라소'라고 합니다. 힘을 더 잘 쓰고 일을 오래 한 소를 안소로 씁니다.

사람도 성향이 제각각이듯 소들도 그러합니다. 제멋대로 날뛰는 소를 일깨나 하는 소로 만드는 것은 밭 가는 이의 몫이지요.

소를 길들이는 일은 아무나 하지 못합니다. 마라소에게 가장 먼저 가르치는 일은 '안소와 발걸음을 맞추는 일'입니다. 날뛰는 것을 버리고 배워야 할 일 중에 가장 처음이며 기초이지요.

무엇이든 기초를 제대로 닦은 다음에야 얻고자 하는 것을 손에 쥘 수 있는 것입니다.

잘 훈련된 '안소'는 없고 지휘봉만 든 '마라소'만 가득해
서는 안 되겠지요.

희망과 절망을 모두 가져라

애꾸눈 임금이 있었습니다.

임금님은 자신의 초상화가 갖고 싶어서 나라 안팎의 이름난 화가들을 모두 불러들였습니다. 그들에게 자신의 초상화를 그리게 했지만, 누구도 임금님의 마음에 맞는 초상화를 그려내지 못했습니다.

아첨쟁이 화가는 하나밖에 없는 눈을 두 개로 그렸습니다.

고지식한 화가는 애꾸 그대로 그렸습니다.

그때마다 임금님은 핏대를 올리며 볼기를 쳐서 화가들을 쫓아냈습니다. 그러니 누가 임금의 초상화를 그리려고 했겠습니까?

그런데 어느 날 무지렁이 화가 하나가 찾아와서 자기가 임금님의 초상화를 그려 보겠다고 했습니다. 사람들은 모두 미친 짓이라고 말렸습니다. 그러나 이름 없는 무명 화가는 호기롭게 임금님의 초상화를 그리기 시작했습니다.

드디어 초상화가 완성됐습니다. 그때까지 그 어느 초상화도 마음에 들어 하지 않았던 임금님이 무지렁이 화가가 그린 초상화를 보고 기뻐했습니다.

어떻게 그렸기에 애꾸눈 임금님의 초상화가 임금님의 마음에 들었을까요?

그것은 이렇습니다. 임금님의 성한 눈이 있는 쪽의 옆모습을 정성껏 그렸기 때문입니다.

희망과 절망은 등과 가슴처럼 하나입니다.

말 속에서 사건을 발견하라

　한 청년이 군 휴가 때 화천에서 춘천으로 나오는 버스 안에서 맘에 드는 여인을 만났습니다.

　그가 처음에 그녀에게 하고 싶었던 가장 절실한 것은 말을 건네는 것이었습니다. 요즘 젊은이들은 이것을 '작업'이라고 하지요.

　작업의 첫 번째는 '말을 건네는 일'에서 시작됩니다. 망설이던 그는 용기를 내어 여인에게로 다가가 쪽지 하나를 주었습니다. 간단한 자기소개와 연락처 그리고 사귀고 싶다는 뜻을 적었지요.

　얼마 후 그 여인에게서 부대로 편지가 왔습니다. 그렇게 그들은 사귀게 되었고 결혼해 지금까지 행복하게 살고 있습니다.

　그 청년이 아무리 마음이 간절하고 뜨거워도 그가 그 여인에게 말을 걸지 않았으면 아무 일도 일어나지 않았을 것입니다. 그것이 쪽지이든 무엇이든, 말을 걸 때 비로소 거기에는 기쁨이 생기고 기대가 생기고 만남이 생기고 사건이 생기는 것입니다.

우리는 늘 '어떤 사건'을 기대합니다. 건네는 말 속에 이미 '사건'이 들어 있습니다.
그냥 허공에 흩어지는 말이 아니라, 우리와 마주치고 만남을 이루고 사건을 일으키는 '말'인 것입니다.

마음의 정원을 가꿔라

마음의 뜰에 온갖 꽃들이 피어나게 하십시오.

진리를 깨닫기 위해 온 세상을 떠돌아다니던 한 구도자가 어느 마을에 다다르게 됐습니다.

그곳에는 깨달음이 깊어져 하나님과 대화하며 살아가는 한 사람이 있었습니다.

구도자는 설레는 마음으로 그에게 물었습니다.

"선생님, 이 세상을 두루 다니며 깨달음을 얻고자 했지만, 아직 그에 이르지 못했습니다. 오히려 잡념만 늘어나 어찌할 바를 모르겠습니다. 혹시 저에게 하나님을 만나는, 깨우침을 받을 만한 말씀이라도 해 주실 수 있겠습니까?"

선생은 고요하게 눈을 감은 채 말했습니다.

"나도 하나님의 오묘한 자리에까지는 나가지 못했습니다. 그저 '삼성하반월(三星下半月)'이란 말 밖에는 드릴 것이 없습니다."

이 말에 구도자는 진리의 실마리를 찾았습니다.

'삼성하반월(三星下半月)'이란 다름 아닌 마음 '心' 자를 가리키는 말입니다.

글자 모양을 자세히 살펴보면, 위에는 별이 세 개 있고 그 밑에 받치는 것이 반달의 형상을 하고 있기 때문입니다.

마음은 인간의 모든 것을 결정하는 가장 아름다운 뜰입니다. 이 마음의 정원을 보고 사람의 격을 결정하고 질을 구분할 수 있는 것입니다.
마음의 정원을 가꾸는 일에 힘쓰면 깨달음에 이를 수 있습니다.

반경 1.6km를 행복하게 하라

"짐, 제 머리칼은 무척 빨리 자라요."

델라는 남편 짐에게 크리스마스 선물을 해 주고 싶어서 몇 달 동안 돈을 모았지만 1달러 87센트밖에 모으지 못했습니다. 남편은 대대로 물려받은 멋진 시계를 가지고 있었는데 시곗줄이 낡고 초라한 가죽이어서 그것을 차지 않고 품에 넣고 다니다가 시간 볼 때에만 꺼내서 보곤 했습니다. 델라는 마침내 자기 금발머리를 잘라 팔아서 20달러 정도 하는 멋진 시곗줄을 선물로 샀습니다.

남편 짐도 아내를 위한 선물을 봐둔 게 있는데 보석이 박힌 멋진 빗이었습니다. 그것으로 아내가 머리를 빗으면 참 좋을 것 같았습니다. 그러나 그도 돈이 없어서 고민하다가 마침내 그 시계를 팔아서 빗을 샀습니다.

두 사람이 저녁시간이 되어 집에 와서 만났을 때, 짐은 델라의 머리 모양을 보고 놀랐고 충격을 받았습니다. 델라의 그 아름답고 긴 머리가 짧아졌던 것입니다. 그가 사온 빗은 별 소용이 없을지도 몰랐습니다. 델라는 짐을 위로하느라고 그 대신 멋진 시곗줄을 샀다고 자랑을 합니다. 짐은 자기가 받은 충격이 채 가시기도 전에 아내에게 그 시곗줄을 채울

시계를 팔았노라고 말을 해야 했습니다.

두 사람은 너무나 뜻밖의 일에 당황하기도 했겠지만, 그러나 그들이
받은 것은 세상에서 가장 아름답고 감동적인 선물이기에 서로 포옹을
하면서 위로를 합니다. 그때 델라가 짐에게 하는 말이 이 말입니다.

"짐, 제 머리칼은 무척 빨리 자라요."

오 헨리의 〈크리스마스 선물〉에 나오는 대사입니다.

'행복한 사람의 옆집에만 살아도 행복 지수가 상승한다' 고 합니다.
행복한 사람이 옆집에 살면 34% 행복 지수가 올라가고, 1.6km 이내에
거주하면 14%가 올라간다고 합니다(미국 하버드대학과 UC샌디에이고 공동
연구).

내가 행복하면 친구도 행복해지고 친구의 친구에게까지
그 행복이 전해진답니다. 이 행복감을 물질로 환산하면 5
천 달러(750만원)의 돈이 생긴 것과 같다는군요.

눈먼 사랑을 하라

어떤 아가씨가 시집을 가려고 여러 차례 선을 봤습니다.

그러다 마침내 한 남자를 만나 결혼을 하게 됐습니다.

어느 날 남자는 여자에게 "내가 당신을 보고 반한 것은 당신의 눈썹이 너무 매력적이었기 때문이오."라고 말했습니다.

그런데 사실 여자는 병으로 인해 눈썹이 없었습니다. 그 사실을 숨기려고 매일 아침 일찍 일어나 화장을 해야만 했습니다.

몇 년이 흘렀습니다.

남편의 회사가 망해 부부는 달동네로 이사하게 됐습니다. 리어카에 이삿짐을 싣고 남편은 앞에서 끌고 여자는 뒤에서 밀면서 짐을 옮겼습니다. 햇볕이 뜨거운 데다 짐이 너무 무거웠기에 두 사람은 땀을 식히기 위해 잠시 쉬어 가기로 했습니다.

남편이 손수건을 들어 아내의 얼굴을 닦아 주려 했지만, 여자는 눈썹이 지워질까 봐 남편을 만류했습니다. 하지만 남편은 애정 어린 목소리로 거듭 땀을 닦아 주겠다고 말했습니다. 여자는 남편의 청을 거절할 수가 없었습니다. 마지 못해 남편이 크게 실망하는 모습을 상상하며 눈을 감았습니다.

땀을 다 닦은 후 남편의 눈치를 살피며 눈을 떴습니다. 남편은 아무 일도 없는 듯 그저 덤덤했습니다. 여자는 얼른 거울을 꺼내 자신의 얼굴을 들여다봤습니다. 그런데 그의 눈썹은 그대로였습니다.

남편이 눈썹을 그대로 두고 다른 부분만을 조심스럽게 닦아 줬던 것입니다.

눈썹이 가짜라는 것도, 자기를 위해 매일 눈썹을 그린다는 것도, 아내의 그런 모습까지도 모두 사랑하고 있었던 것입니다.

🌱

'사랑에 눈먼다' 는 말이 있습니다.
사랑은 허다한 모든 허물을 덮습니다.

이를 악물고 달려라

한 번 내달리기 시작하면 두 시간 삼십 분은 달려야 하는 마라톤 선수가 있었습니다.

경기에 출전하기 위해 몇 달을 긴장한 채 훈련한 그가 마침내 출발 신호선 앞에 섰습니다. 그의 신발은 그가 가장 좋아하는, 마음과 몸에 꼭 맞는 운동화였고, 양말과 운동복은 깨끗했습니다.

드디어 총성이 울리고, 많은 선수가 다투어 앞으로 튀어나갔습니다. 그도 상쾌하게 앞으로 내달아 선두에 섰습니다.

이제 그가 막 2km쯤을 그렇게 순탄하게 달려갈 즈음, 그에게 당혹스러운 일이 벌어졌습니다. 운동화 안쪽에, 양말 속에 작은 모래 한 알이 들어 있다는 것을 그제서야 느꼈기 때문입니다.

그가 양말 안쪽의 작은 모래알을 둔 채로 42.195km를 완주하는 동안,

작은 모래는 큰 모래로, 큰 모래는 자갈로, 자갈은 바위로 자라났습니다.

당연히 그의 두 시간 삼십 분은 체력의 한계를 이겨내는 싸움이 아니었습니다. 그렇습니다. 오로지 '모래 한 알'과의 싸움이었습니다.

그러나 아무나 이 작은 모래알을 느끼는 것은 아닙니다. 수없이 많은 사건을 경험하고서도 지난해 우리의 경주가 기억에 남는 게 하나도 없는 까닭은 이를 악물고 달리지 않았기 때문입니다.

이를 악물고 달려본 사람만이, 그런 태도로 사는 사람만이 알 수 있습니다. 전심전력으로 달리는 사람이라야 어느 순간 온몸이 이루는 극도의 균형 감각 때문에 발을 타고 몸속으로 흘러드는 고통의 짜릿함을 알 수 있는 것입니다.

그런 다음에야 '찰나'와 더불어 인생을 살고 결승점에 도달하는 것입니다.

합리적으로 판단하라

어떤 수도원에 밥만 축내는 수사가 한 사람 있었습니다.

다른 수사들은 그것이 못마땅해서 그를 항상 눈 밖에 두고 살았습니다.

그 수도원에는 한 번도 밥을 한 그릇 이상 먹어 본 적 없는, 철저한 극기와 절제의 생활을 하는 수사도 있었습니다.

'밥 한 그릇 수사'는 '밥만 축내는 수사'를 미워했습니다.

그럭저럭 세월이 흘러 두 사람 모두 나이가 들어 죽었습니다.

'밥 한 그릇 수사'는 천당에 갔습니다.

그가 천국의 꽃길을 기분 좋게 걷고 있는데 저쪽에서 '밥만 축내는 수사'가 걸어오고 있었습니다.

그의 생각에 '밥만 축내는 수사'는 천국에 올 수 없었습니다. 기분이 나빠진 '밥 한 그릇 수사'는 얼른 천사에게 달려갔습니다.

"만날 밥만 처먹던 저놈이나 하루 한 그릇만 먹기 위해 고행하던 내가 같을 수가 있는 거요?"

천사가 천천히 말했습니다.

"자네, 단 한 번이라도 저 친구의 처지에서 생각해 보았나? 저 친구는 본래 한 끼에 밥을 세 그릇을 먹어야 하네. 그런데 그걸 참느라고 늘 두 그릇밖에 먹지 않았지. 겉으로 보기에는 자네와 달라도 결국은 같다네. 오히려 그대들은 비난하며 미움을 키우고 살았지만, 저자는 묵묵히 자기 길을 걷지 않았던가. 말이 나온 김에 그대는 다시 세상으로 돌아가게. 가서 다시 오지 마시게!"

🌱

세상은 이분법으로는 해석되지 않습니다. 모든 행위에는 선과 악의 요소가 함께 들어 있습니다. 아이들이 다 개구쟁이가 아니고, 아버지들이 다 권위적이 아니듯 말입니다.

솥뚜껑을 여는 지혜를 가져라

밥 짓는 어머니를 기억하십니까? 예전에는 많은 식구가 함께 살았기 때문에 밥솥이 아주 컸습니다. 가끔 어머니는 쌀을 솥에 안친 다음 어린 자식에게 아궁이의 불을 보라고 하기도 합니다. 그러면 이글거리며 타는 불 앞에 앉아야 하지요. 큰 역할이라도 맡은 것처럼 말이죠.

그때마다 밥이 끓을 때 그 무겁고 큰 솥뚜껑을 들썩이며 밀고 올라오려던 힘의 무서움을 보게 됩니다. 할 수 있는 게 없으니까 지켜보는 수밖에요. 그러면 솥뚜껑은 그 밀고 올라오려는 힘을 제압하려는 듯 들썩대곤 합니다. 솥 가장자리론 가재의 거품처럼 밥물이 밀려 나옵니다. 그때 발견하게 됩니다. 밥이 되는 그 신비는 내리누르려는 솥뚜껑과 밀어 올리려는 김의 역학 관계 속에 있다는 것을 말입니다.

생각해 보세요. 밀고 올라오는 김의 힘이 너무 세서 솥뚜껑을 아예 벗겨 버렸다고 합시다. 반대로 솥뚜껑의 힘이 더 세서 끓는 김의 힘을 아예 눌러 버렸다고 친다면 어떻게 되겠어요? 그러면 쌀은 익지 못하고 설게 됩니다. 이 역학 관계의 마술을 터득하지 못한 며느리들이 넘치려는 김이 두려워 아예 솥뚜껑을 열어 버리거나, 반대로 무턱대고 눌러 두었다가 밥이 설거나 눌게 만들어 버리고 마는 게 아닙니까?

끓어오르는 김이 있어서 밥은 비로소 익지요. 김을 누르는 솥뚜껑이 있기에 밥은 밥이 됩니다.

돈을 버는 일, 가게나 사업을 벌이는 일이란 마치 밥을 짓는 것과 같아야 한다고 봅니다. 사람이 어찌 욕망 없이 살 수 있겠어요. 욕망이 인간의 꿈에 추진력을 갖게 하고 진보를 가져 오는 게 아닙니까? 사는 맛은 욕망에서 일어납니다. 그러나 인간이 욕망으로만 살 수는 없는 거죠.

그때 필요한 게 바로 솥뚜껑을 여는 지혜입니다. 뿐만 아니라 인간의 욕망을 적절하게 움직여 삶을 힘 있게 하는 것입니다.

향기를 그려라

한 아이가 그림을 그리고 있었습니다. 그런데 꽃들 주변에 여러 개의 점이 찍혀 있었습니다.

"이 점들은 무엇이냐? 파리냐?"

어른이 물었습니다.

그러자 아이가 대답했습니다.

"아니요. 저 점들은 꽃의 향기예요."

동심입니다. 어린아이만이 갖는 심안(心眼)입니다. 어린아이의 마음은 이렇게 꽃들의 향기까지 꿰뚫어볼 수 있습니다. 그리고 향기를 점으로 그릴 생각도 합니다.

아무 거나 먹지 마라

우리나라에서는 줄잡아 한 해 평균 6만 명이 암으로 죽습니다.

'암'을 한문으로 쓰면 '癌'입니다. 이 글자를 보면 입을 뜻하는 구(口)자가 세 개나 들어 있습니다. '암'이라는 글자를 풀어 보면 입 세 개로 마구 먹어서 생기는 병이 바로 '암(癌)'이라는 것입니다. 적게 먹는 사람은 암에 걸릴 확률이 그렇지 않은 사람보다 적습니다.

그게 어디 먹는 것뿐이겠습니까? 무분별한 욕망을 상징하는 것입니다.

한자 중에는 '암(癌)'을 닮은 비슷한 글자 하나가 있습니다. '귀신', '신령'과 같은 뜻으로 쓰이는 '영(靈)'자입니다. 세 개의 입(口)을 가졌다는 점이 비슷합니다. 그런데 '영(靈)'자에 들어 있는 입은 '하늘(巫)'에 '비 오기를(雨)' 간구하는 '입(口)'입니다. '암(癌)'의 입과 '영(靈)'의 입을 보면 하나는 '욕심'의 입이고 다른 하나는 '신령'한 입이지요.

우리는 어느 쪽을 향해 입을 벌리고 있습니까?

우연히 발견하라

참으로 신비롭고 가슴 뛰는 일이었습니다. 뇌는 이미 시각적 흥분으로 가득해 있었습니다. 웬만한 등산 안내 책자에는 나와 있지 않은 '연엽산'. 찾는 이가 별로 없어 자연이 그대로 살아 있고, 호젓하게 사색하기 좋은 곳입니다.

헨리 데이비드 소로는 '내가 월든 호수에 사는 것보다 신과 천국에 더 가까이 갈 방법은 없다…. 내 손바닥에는 물과 모래가 담겨 있으며 호수의 가장 깊은 곳은 내 생각 드높은 곳에 떠 있다.' 라고 말했습니다. 손이 얼음에 박힌 것처럼 시린 날 아무것도 알지 못하고 달콤한 길에 발을 떨어뜨립니다.

춘천 원창고개를 넘어 마을 입구에 채 다다르기 전에 왼쪽으로 들어가는 길이 있습니다. 원창저수지로 올라가는 길인데, 입구가 큰 쇠막대로 가로막혀 있었습니다. 그곳에 내려 포장도로를 따라 30분 정도 걸으면 길이 끝나는 지점에 당도하게 됩니다. 쇠철망으로 막아놓은 곳의 오른쪽 산이 연엽산으로 홍천의 북방면과 맞닿아 있습니다. 철조망을 빠져나와 대룡산 뒤쪽으로 나가는 다리 밑을 막 지나고 있을 때!

커다란 송어 두 마리가 작은 웅덩이에서 어지럽게 움직입니다. 팔뚝

만한, 비릿한, 달콤한, 고소한, 놀란 송어를 이리저리 몰았습니다. 웅덩이 구석에 웅크린 송어 한 마리를 잡았습니다.

군침을 삼키며 어릿어릿 고추장과 회 뜰 칼을 생각할 때쯤, 번쩍이는 무지개를 발견했습니다. 횟집에서 보던 그런 물고기가 아니었습니다. 빛깔은 어찌나 곱던지, 신비함과 감동이 안개처럼 피어났습니다.

'신의 안약' 처럼 맑고 빛나는 그 물고기는 '천국 가까이에 있는' 황홀이었습니다. '내 손바닥에는 송어가 들려 있으며, 웅덩이 가장 깊은 곳은 내 생각 드높은 곳에 떠 있는 것' 이지요.

사색은 우연한 발견에서 더 즐거워집니다.

감탄하라

멕시코 만류에 고깃배를 띄우고 살아가는 산티아고라는 늙은 어부가 있었습니다.

그날그날의 끼니를 때우기도 어려운 가난하고 외로운 노인이었습니다. 성실한 어부는 늘 바다로 고기를 잡으러 나가지만 한 마리도 잡지 못했습니다.

항구의 주민들은 그를 향해 비웃으며 말했습니다.

"그 노인네는 더는 물고기를 잡기 어려울 거야. 늙어서 고기를 끌어올릴 힘이나 있겠어?"

그러나 노인은 아랑곳하지 않고 의연하게 바다로 고기를 잡으러 나가곤 했습니다.

이후로 노인은 무려 84일 동안을 빈 배로 돌아왔습니다.

"아아, 살라오…."

85일 되는 날, 노인은 또다시 바다로 나갔습니다.

그리고 사투 끝에 자신의 배보다 더 큰 자줏빛 고기를 낚아 올렸습니다.

84일간의 실패를 넘어서 비로소 완전한 승리를 얻게 된 것이지요.

"올레! 올레!"

어니스트 헤밍웨이는 빈 배로 돌아온 노인의 모습을 '살라오'라고 말했습니다. 완전한 패배, 완전한 몰락이라는 뜻입니다.

반대로 '올레'는 완전한 승리라는 스페인어입니다. 투우사가 창을 소의 목에 꽂았을 때, 축구장에서 관중들이 한목소리로 "올레! 올레!" 하는 것이 바로 헤밍웨이의 〈노인과 바다〉에 나오는 장면의 그것이지요.

🌱

누구도 의식하지 않고 자신과 싸워 '나'를 인식하게 되는 그 순간의 짜릿함.
나를 향해 감탄사를 외치는 일에 넉넉해지세요.
실패를 넘어선 완전한 승리가 바로 그곳에 있습니다.

손꼽아 기다릴 기쁨을 만들어라

한 학교에서 '생활 조사'를 하고 있었습니다.

'일주일에 외식을 몇 번이나 하는가?' 라는 물음에 많은 아이들이 일주일에 한 번은 외식을 한다고 손을 들었습니다. 일주일에 두 번 외식한다는 아이들도 두서너 명 있었습니다. 나머지 아이들은 2주에 한 번, 혹은 한 달에 한 번 정도였습니다.

그런데 끝까지 손을 들지 않는 아이가 있었습니다. 그저 얼굴 가득 미소를 머금고 선생님을 바라볼 뿐이었습니다.

선생님이 아이에게 물었습니다.

"너는 왜 손을 들지 않지? 매일 식당에 가니?"

그러자 아이는 "저는 1년에 딱 한 번 외식해요."라고 말했습니다.

선생님은 의아한 얼굴로 "그런데 뭐가 좋아서 그렇게 웃고 있는 거

니?"하고 물었습니다.

　　그러자 학생이 대답했습니다.

　　"오늘이 바로 그날이거든요."

　　매일같이 좋은 음식을 접하는 아이들은 밥상머리 앉아 투정을 부리기 일쑤입니다.

　　어제도 먹고 그제도 먹었기 때문이지요.

　　아이들이 '손꼽아 기다리는 그 무엇'의 기쁨을 잃어가는 것이지요.

내버려둬라

마당 옆에 두둑을 만들어 고추 몇 대, 가지 두서너 포기, 토마토 묘 서너 개, 상추, 쑥갓을 심었습니다.

마음먹고 농사(?)를 시작한 것은 아니었지만 어쩌다 보니 삼무농법(三無農法)이 됐습니다.

어떤 사람들은 "농작물을 가꾸지 않으면 뭐가 되겠어요?"라고 말했지만 '들판의 풀들은 누가 가꾼답니까?' 하며 그저 태평이었습니다.

농약을 치지 않고, 비료를 치지 않고, 관심 안 두고 하는 농법이 이른바 삼무농법이지요. 철저하게 자연에 내맡겨 두는 것입니다.

여름이 끝나도록 주근깨 더덕더덕한 토마토는 빨갛게 익을 생각을 하지 않습니다. '이렇게 농사를 지으면 망하겠구나!' 하는 생각이 저절로 들 정도로. 하지만 그런대로 깻잎도 따먹고 상추도 뜯고 쑥갓도 잘라다가 잘도 먹었습니다. 고추도 제법 익었습니다. 저절로 모든 것이 됐습니다.

모든 것이 삼무농법으로 이뤄지면 좋겠습니다.
제발, 그랬으면 좋겠습니다.

사소하게 보지 마라

'본다'는 말이 곧 '봄'입니다.

물끄러미 보거나(look), 의지를 가지고 보거나(see), 그냥 보거나(見), 눈 위에 손을 얹고 자세히 보거나(看), 눈으로 보거나(視)…. 그렇게 사물을 향해 눈을 뜰 때가 바로 '봄'입니다. 보이기 시작하면 우주가 천지창조의 첫째 날처럼 빛을 발하게 될 것입니다.

이렇게 남해를 건너온 따뜻한 바람들이 때 묻은 솜옷을 벗기고, 사흘이나 내리는 가랑비가 닫았던 들판을 다시 열어 보이지만 내 눈은 침침하기만 합니다. 가슴은 꽃보다 아름답지 못하고, 어린 새순의 참신함만 못합니다. 삶은 봄비처럼 부드럽지 못하며, 다시 열기를 내뿜는 태양이나 제자리로 돌아온 성좌(星座)처럼 정직하지 못합니다. 나의 영혼이 계절처럼 저절로 눈을 뜨지 않기 때문이지요.

만약 우리가 보지 않는다면 모든 사물은 존재하지 않는 것입니다. 보려는 것, 보기를 원하는 것, 보고자 노력하는 것이 바로 '봄'입니다. 보고 싶지 않은 것, 무의미한 것, 추악한 것, 그런 것들과 마주치면 우리는 눈을 감거나 다른 방향으로 돌려 버립니다. 적어도 우리가 무엇을 본다는 것은 우리가 그것을 선택했다는 것이며 동시에 그 가치를 찾아낸다는 것이지요. 만약 우리가 보지 않는다면 모든 사물과 사건과 상황은 부재한 것입니다.

꽃만 보고 봄이 왔다고 말하지 마십시오. 창문을 열듯이 눈을 열어 보세요. 마침내 당신의 영혼이 한 송이 아름다운 꽃의 빛깔이 돼 있을 것입니다.

잡초 근성을 불러내라

쓸데없이 큽니다.

생장 속도가 빠르고, 못생긴 데다 쓸모가 없고, 꿀도 없으며, 야생적 가치도 없습니다. 숫자가 많고, 쉽게 번식하며, 맛이 없고, 가시가 많습니다. 잎이 금방 무성해지고, 재배하기가 까다롭고, 제초제에 내성이 강하며, 뿌리가 무성합니다.

무엇일까요?

요즘 사람들은 이것을 '잡초'라 하지 않고 '야생초'라고 부릅니다. 저절로 나서 잘 자란다고 해 '잡풀'이라고도 합니다. 쓸모없는 풀이라는 것이지요. 그래서 사람들은 잡초를 싹 죽여 버리고, 그 자리에 희멀건 야채만 키워 먹어왔습니다.

이것이 오늘날의 농업이고, 인간들의 생존 방식입니다. 지구상에는 35만여 종의 식물이 살고 있습니다. 그중에 인간이 먹는 것은 3천 종가량 됩니다. 우리의 방식대로라면 34만 7천여 종은 모두 '잡초'가 되는 셈입니다.

우리는 잡초 때문에 삽니다. 어느 잡초들은 척박한 토양에서 영양분을 얻기 위해 뿌리를 땅속 깊이 내려 미네랄을 끌어올리고 흙의 유실과

66

침식을 막아 줍니다. 어떤 잡초는 공기 중에서 필요한 무기물질을 흡수해 토양으로 보내 영양분을 공급합니다.

"이제는 우리가 짓밟고 살아온 잡초를 살리지 못하면 다 죽습니다. 그동안 우리는 1%의 희멀건 야채를 얻으려고 99%의 잡초를 모질게 죽이며 살았어요. 그게 지금 우리를 병들게 하는 것입니다."

우리가 가지지 못했던 '잡초 근성'을 이끌어내야 하지 않겠습니까.

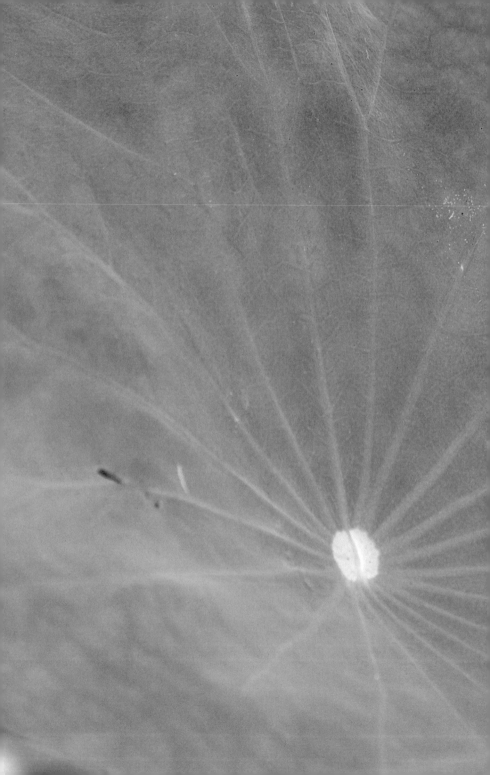

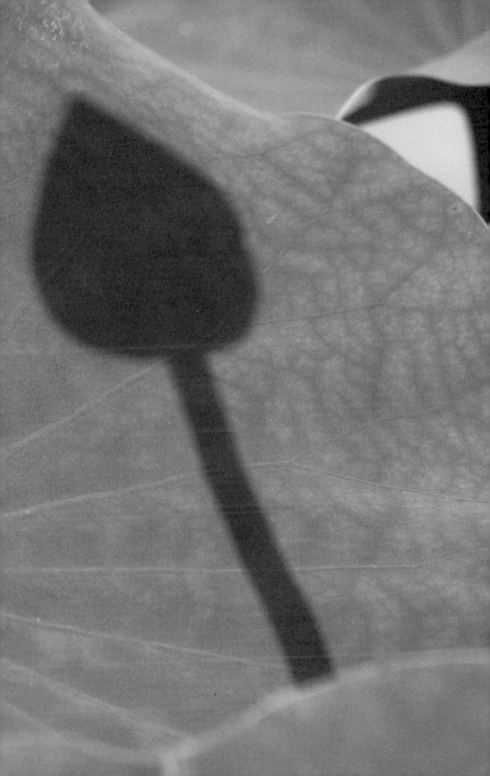

2장
뜰 안의 달빛을 마음 속에 담는다

———

사람은 그의 출신에 의하여 천한 자가 되는 것이 아니다. 또 그
출신에 의하여 성스러운 자가 되는 것도 아니다. 사람은 다만
그의 행위에 의하여 천한 자가 되기도 하고 성스러운 자가 되
기도 한다.

– 수타니파타

산에 올라 신을 만나라

우리가 풍년(豐年)이라고 할 때 그 '풍년(豐年)' 은 콩 농사가 잘됐다는 뜻입니다. 원래의 글자는 豊으로, '산(山)'과 '콩깍지(丰)'와 '콩(豆)'으로 이루어져 있습니다. 콩이 깍지마다 세 알씩 잘 여물어 산처럼 쌓였다 해서 '풍년(豐年)' 입니다.

옛날 조상들은 이렇게 콩 농사를 잘 지으면 그것을 정성스레 물에 불려 조개껍데기에 담아서 하늘에 바쳤습니다. 이런 연유로 제단에 올린다는 뜻으로 '오를 登' 자가 만들어졌다고 중국의 오래된 책에 나옵니다.

그러니 '등산(登山)' 이란 '하느님께 예배 하는 일' 의 원형입니다. 신을 만나는 원초적인 방식이었습니다. 왜 그랬을까요?

신을 대면하는 일이야말로 사람이 살아갈 때 가장 우선이 되는 일이라고 여겼다는 뜻입니다. 사람이 해야 하는 가장 으뜸된 일이고, 사람의 목숨줄이 하늘로부터 비롯되는 것을 알았다는 것입니다.

그렇게 해야 생의 뿌리가 튼튼해진다고 믿었던 것입니다.

바다처럼 품어라

크세르크세스라는 페르시아 왕이 있었습니다.

그리스를 침공하려고 바다 위에 다리를 놓았습니다.

하지만 폭풍이 일어 완공된 다리가 그만 바다에 풀썩 주저앉고 말았습니다.

화가 난 크세르크세스 왕은 그 바다를 처형하라고 명령했습니다.

곤장 300대, 족쇄 한 벌로 바다를 묶으라는 게 형벌의 내용이었습니다.

곧 신하가 바다에 곤장 300대를 때렸습니다.

그리고 족쇄 한 벌을 바다에 던져 넣었습니다.

바다에 낙인까지 찍었습니다.

"이 쓰디쓴 물이여! 임금님께서 너에게 이 벌을 내렸다."라고 말입니다.

바다가 꿈쩍이나 했을까요?

크세르크세스의 그 많은 군대와 보물과 권세로도 바다를 매질할 수는 없었습니다.

바다를 벌줄 수는 없었습니다.

어머니는 그렇습니다.

어머니는 땅의 거죽이 아닙니다.

어머니는 해저처럼 속으로 자라는 분입니다.

어머니는 나이를 먹는 존재가 아니라 '속으로 자라는 존재' 입니다.

어머니는 그렇게 겉을 포기하고 속으로 속으로 나아가기만 하십니다.

거기 우리, 아들들 딸들의 삶이 열매처럼 달려 있는 것입니다.

1%를 버리지 마라

랜스 암스트롱이라는 자전거 달리기 선수는 마라톤 풀코스를 3시간 이내에 완주해 화제가 됐습니다.

그는 25살에 치사율 50%라는 고환암에 걸렸습니다. 그러나 암을 극복하고 죽음의 레이스라는 '투르 드 프랑스' 사이클 경주에서 7번이나 우승했습니다. 그는 '1%의 희망만 있어도 달린다' 라는 철학을 지니고 사는 사람입니다.

혼다의 창업자 혼다 소이치로는 "내가 한 일 중 99%는 실패의 연속이었다. 성공은 단지 1%에 불과했다."라고 말합니다. 그 1%의 성공이 99%의 실패를 뒤집은 것이지요. 그는 '올해의 실패왕'이라는 제도를 만들어 가장 많이 실패한 직원에게 100만 엔을 줬다고 합니다. 1%의 성공을 보는 눈을 갖게 하기 위해 99%의 실패를 장려한 것입니다. 결국 그 1%가 오늘날의 혼다를 만든 것입니다.

발명왕 토머스 에디슨은 "천재는 1%의 영감과 99%의 노력의 산물입니다."라고 했다지요.

그는 1929년 82세에 쓴 일기에 이렇게 적었습니다. '최초의 영감이 좋지 않으면 아무리 노력해도 신통한 결과를 얻지 못한다. 무조건 노력

만 하는 사람은 쓸데없이 에너지만 낭비한다.'

99%의 노력이 총알처럼 장전됐다고 해도 1%의 영감이라는 방아쇠
가 필요한 것입니다.

당신의 손에 든 것이 단 1%밖에 되지 않을지라도 그것이
기적을 이룹니다.

마음의 회로를 갖춰라

행사 기념품으로 받은 깜찍한 라디오가 하나 눈에 띄었습니다.

생김새가 깜찍할 뿐만 아니라 소리도 여간 잘 들리는 게 아닙니다. 덜렁덜렁 떨어져서 고무줄로 묶고, 집게로 돌려서 겨우 주파수를 맞춰도 무슨 소린지 알 수 없게 왕왕대던 어린 시절의 그것에 비하면 크기도 소리도 최고입니다.

놀랍게 발전한 전자공학의 회로 기술 덕분입니다. 이렇게 회로 기술이 발전하는 동안, 우주의 전파를 잡는 수신기인 '마음의 회로 기술'도 발전시켰어야 했습니다. 감각이 예민한 안테나처럼 생의 지붕보다 한 치라도 더 높이 솟아 있어야 했습니다.

그뿐만 아닙니다. 인간의 의식은 최신식 증폭기로 바뀌었어야 합니다. 땅 밑에서 우는 벌레들의 소리보다도 더 미세한 소리라 할지라도 그것을 수백 수천 배로 키울 수 있는 '의식의 증폭기' 말입니다. 그래서 귀로 들을 수 없는 소리와 눈으로 볼 수 없는 빛을 현실의 방 안으로 끌어들였어야 합니다.

깜찍한 라디오로 또렷하게 FM 음악 소리를 듣듯, 풀잎에서 이슬이 떨어지는 감동의 소리도 들을 수 있어야 합니다.

생의 지붕보다 얕은 안테나, 육안으로 보이는 세계, 보통
귀로도 충분히 들을 수 있는 소리만 울려댄다면 멍청한 의
식이 증폭한 것 아니겠습니까?

은유법을 익혀라

어머니께서 친구들과 산에 올랐다가 산삼 한 뿌리를 캐셨습니다.

얼마나 기쁘셨던지 집에 있는 내게 사진기를 들고 빨리 산으로 올라 오라시는 통해 산 속을 헤매야 했습니다. 그 산삼은 서울 사람에게 수십만 원에 팔렸습니다. 그 소문이 퍼져 어머니를 아는 분들이 혹시나 하는 마음에 그곳으로 산삼을 캐러 갔다가는 또 먼젓번 만한 놈을 한 뿌리 캐셨답니다. 이번에는 벌건 열매까지 달린 삼이었습니다.

어머니는 평생 삼밭 근처에도 못 가보신 분입니다. 물론 시골에서 도라지며 더덕, 산나물을 잘 채취하셨지만요. 그 짐작으로 어머니께 물었습니다.

"옛날 도라지 캐던 실력으로 산삼을 캐신 거예요?"

"천만의 말씀! 옛날 시골에서 산에 갈 땐 이리저리 눈을 굴렸지. 그래야 하나라도 더 많이 뜯거나 캐거든. 하지만 산삼은 달라. 아무리 먹음직한 나물이 눈에 들어와도 눈 밖으로 밀어내야 해. 그리고 오직 산삼만 찾는 거야. 많은 것 중의 하나만을, 오직 하나만을 구하려는 마음으로 돌아다녀야 산삼이 눈에 띄는 거야. 두리번거리면서 이것저것 주워 담으면 산삼은 절대 눈에 띄지 않아."

산삼을 캐려면 '하나'에 집중하는 법을 배워야 한다는 것입니다.

삶은 이렇게 인간을 참으로 안내하는 은유법으로 우리 곁에 서성거리고 있습니다.

10년은 해라

강원도 화천 감성마을에 사는 이외수 선생을 만났습니다.

이런저런 의미 있는 대화를 나누던 중 그가 이런 말을 합니다.

"요즘 젊은 친구들이 저를 많이 찾아옵니다. 뭘 해서 먹고 살아야 하는지 하는 생업에 관한 질문이 대부분입니다. 하루는 어떤 놈이 내게 물었지요. '선생님, 어떻게 살아야 합니까?' 그래서 제가 그랬습니다. 그거 어렵지 않다. 내일부터 길거리에 나가 병뚜껑을 10년만 주워라. 그랬더니 그놈이 성질을 부리며 나가더라고요. 그러고는 얼마 후에 들어와서는 따지듯이 묻는 겁니다. 그걸 말이라고 하느냐고요. 그래서 제가 이렇게 말했습니다. 이놈아, 정신 똑바로 차리고 들어라! 내가 요즘 방송에 출연하고 방송 진행도 하다 보니 TV를 자주 보는데 거기 '생활의 달인'이라는 프로가 있더구나. 거기 나오는 사람들을 내가 가만히 살펴보니 대부분 그 일을 한 지 4~5년 차의 사람들이더라. 너도 알다시피 거기 나오는 사람들의 일이 별거더냐? 타이어 굴리는 일, 밀가루 반죽해서 국수 만드는 일, 붕어빵 굽는 일이 아니더냐? 그 사람들 모두 4~5년 해서 그렇게 됐다. 그러면 10년짜리가 있더냐? 없지? 왜 없는지 아느냐? 같은 일을 10년 한 사람들은 모두 그 방면에 사장이 돼 있기 때문이야. 뭐든지 10년만 해 봐라. 그러면 세상 사람들이 너에게 관심을 두고 집중하게 된다. 그게 이 세상을 사는 길이 아니고 뭐냐? 이렇게 말했습니다. 어떻습니까?"

길거리에서 병뚜껑 줍기를 10년쯤 하듯, 그런 마음으로 그대들의 삶을 시작하세요. 그리고 어떻게든 10년은 해보세요. 집중해서 열심히 하세요.

그러면 무엇이든 돼 있을 겁니다.

길에서 죽어라

스승 밑에서 학습하는 청년 시절을 '범행기(梵行期)'라고 합니다.

직업과 인간의 도리를 배워야 하는 때를 말하는 것입니다. 이때 이걸 익히지 못하면 영영 어긋난 인생이 됩니다. 25살까지가 이 나이에 해당합니다. 인생의 싹수가 있는 사람은 25살 이전에 결판이 나는 것이지요.

그로부터 50세까지는 '가주기(家住期)'라 하여, 결혼해서 가족을 돌보며 사회에 필요한 재화와 서비스를 생산하는 나이입니다. 가정에서 생활하며 가장으로서의 의무를 다한다는 뜻에서 '가주기(家住期)'라고 하는 것입니다.

인도인들은 쉰이 지난 인생을 '임서기(林棲期)'라고 했습니다. 그동안 붙들고 씨름했던 가정과 재산을 놓고 숲에 들어가 은거하는 때라는 것이지요. 산을 바라보는 나이고, 진리에 눈떠야 하는 나이입니다.

그런 다음에는 숲 속의 거처까지 버리고 완전한 무소유로 걸식하며 더러는 길에서 죽음을 맞이하는 '유행기(遊行期)'로 넘어가야 합니다. 그러면 노인 문제나 치매로 인한 개인적인 절망은 사회 문제나 두려움의 대상이 되지 않겠지요.

그것이 해탈의 경지입니다.

사랑의 탑을 쌓아라

'아파체타.'

옛날 페루에서는 무거운 짐을 지고 가는 나그네들이 길가에 마련된 돌무더기에 돌 하나씩을 쌓아 놓고 갔다고 합니다. 그것을 '아파체타'라고 불렀습니다.

가뜩이나 무거운 짐을 지고 가는 사람에게 어찌하여 그런 고역을 치르게 하는 풍속이 생겼을까요?

페루 사람들은 오히려 그것을 즐겁게 생각했습니다. 자기가 쌓은 돌무게만큼 자기가 짊어진 짐의 무게가 줄어든다고 믿었기 때문입니다. 아무리 돌을 높이 쌓은들 삶의 짐이 겨자씨만큼이라도 덜어질 리는 없습니다. 오히려 그 때문에 발걸음은 더 무거워지고 갈 길은 더욱 더디어질 것입니다.

하지만 사랑해서 결혼한 사람들은 페루의 나그네들이 했다는 이 이치에 맞지 않는 일을 하찮게 여기면 안 됩니다. 사랑도 아파체타의 돌과 같기 때문이지요.

우리는 사랑이 무슨 실체가 있는 줄 알지만 실상 사랑은 실체가 없습니다. 사랑은 죽은 나무에 싹을 내는 특별한 에너지가 아니며, 삶의 질고를 훅 날려 버릴 수 있는 강력한 태풍도 아닙니다. 두 사람의 사랑이 아무리 강렬하다고 해도 삶의 고뇌와 인생의 문제들은 바뀌지 않습니다. 사랑과 관계없이 인생살이는 아프고 힘듭니다. 많은 짐이 그대들의 어깨를 누르게 돼 있습니다.

페루 사람들이 무거운 짐을 지고 돌을 던져 탑을 쌓듯이, 그럴 때마다 사랑을 돌처럼 던져야 합니다. 그렇게 탑이 되어가는 그 상징의 행위 속에서 짐이 가벼워지는 마음을 분명히 느끼게 됩니다. 인생의 짐은 저울로 달아 볼 수 있는 게 아닙니다. 아파체타는 자라나는 돌탑이었습니다. 삶도 사랑이 자라나는 탑이 돼야 합니다.

사랑의 돌을 그 탑 위에 얹으세요.
힘든 일이 생길 때마다 사랑의 돌을 던져 쌓는 일을 게을리하지 마세요.
무익해 보일 이 상징의 풍속을 이젠 그대들의 풍속이 되게 하세요.

나를 흔들어 깨워라

〈사기〉의 '범저열전' 에는 경어인(鏡於人)이란 말이 나옵니다.

'물에 자기를 비춰 보는 사람은 자신의 얼굴밖에 보지 못하지만, 다른 사람을 자신의 거울로 삼는 사람은 흉한 것을 피해 좋은 것에 이른다.' 라는 말입니다.

거울이 없었으므로 물에나 자기를 비춰봐야 했던 시절의 이야기입니다.

우리는 살면서 무수한 사람에게 또는 자연에 또는 신께 빚을 지고 삽니다. 동시에 무수한 사람이 내게도 빚을 집니다. 그런데 우리는 지금 그 빚 중에서 오로지 돈의 빚에 대해서만 놀랍게 예민합니다. 그리고 갚을 것에는 무디고 받을 것에만 적극적입니다.

사랑과 생명의 빚, 관계의 빚에 대해서 이렇게 무감각하게 살기 때문에 우리는 눈먼 사람들과 같습니다.

그러니 지금 아주 짧은 시간이지만 시간의 정점에 우리를 세우고 흔들어 깨워야 합니다. 눈을 떠서 우리가 얼마나 빚진 사람들인가를 깨닫고, 그리고 빚을 갚을 결단을 해야 합니다.

지금 이 시간은 빚진 자들을 위한 시간입니다.

새로운 의미의 공간을 만들어라

집 앞마당에다 쓰레기를 내놓기 시작했더니 어느새 쓰레기장이 돼버렸습니다.

미혼자 장교 숙소가 있어서 밤새 그들이 쏟아내는 쓰레기는 양도 양이려니와 그 종류도 다양합니다. 분리해서 내놓지 않기 때문에 대낮에도 들고양이가 들끓고 있습니다.

'장교 쓰레기들아!' 하고 비아냥거리는 글을 써 붙일까 생각도 해 보고, 아침 일찍 쓰레기 봉지를 던지고 출근하는 젊은 장교를 보면 경멸의 눈짓을 보내기도 했습니다. 그러다 마음을 바꿔 먹기로 했습니다. 다음과 같은 글을 읽었기 때문입니다.

'이곳에 쓰레기를 버리는 자는 고발 조치함!'

참다못한 집주인은 이런 팻말을 세웠습니다. 철조망을 두른 집 앞 공터에 동네 사람들이 온갖 쓰레기를 던지자 몇 번은 돈을 들여 쓰레기를 치웠지만 더는 참을 수 없었던 탓이었습니다.

효과가 있는 듯하더니 얼마 가지 못해 공터는 다시 쓰레기로 가득 찼습니다. 집주인은 이 동네 사람들이 형편없는 수준이라고 욕을 했습니다.

그러던 어느 날 시골에서 아버지가 상경했습니다. 아들의 불평을 들은 노인은 다음날 아침 빈터로 나가서 철조망을 다 걷어냈습니다. 그리고 삽과 괭이로 빈터를 땀 흘려 파헤치고 돌을 골라내고 무엇인가 정성껏 심었습니다. 그리고 매일 아침 저녁으로 밭에다 물을 줬습니다.

며칠 뒤 촉촉한 비가 내리고 나자 빈터 밭에는 파란 새싹이 솟아났습니다. 시금치였습니다. 더는 쓰레기는 없었습니다. 그리고 무시무시한 경고 대신 이런 글귀가 새겨진 팻말이 하나 서 있을 뿐이었습니다.

'필요하신 분은 조금씩 뜯어 가십시오!'

단 하나의 욕망을 추구하라

'프래더윌리 증후군' 이란 질병이 있습니다.

대뇌의 음식 조절 기능이 망가져서 아무리 먹어도 배부른 줄 모르는 질병입니다. 당연히 몸은 엄청나게 불고 온갖 합병증에 시달리다 결국 죽게 됩니다.

이 질병을 처음 앓은 환자는 그리스 신화에 나오는 '에리직톤' 일 것입니다. 금기를 어겨 시어리어스 신의 '굶주림의 저주' 를 받은 그는 먹어도 먹어도 배고픈 형벌을 받습니다. 에리직톤은 결국 자기 딸을 팔고, 나중에는 자기 살을 뜯어 먹다 죽습니다.

'에리직톤 증후군' 이라고 해도 됨직한 '프래더윌리 증후군' 은 늘 결핍을 느끼는, 자기 삶에 만족을 모르는 이 시대의 끝없는 욕망을 상기시킵니다.

자본주의는 거친 욕망을 만들어내는 체제입니다. 욕망의 그릇을 가득하게 채우지 않고서는 결코 행복할 수 없다고 주장합니다.

정말 행복이 '욕망' 과 관련되어 있을까요? 아닙니다. 욕망에 의지하지 않고서는 행복에 이를 수 없다는 기대가 헛된 것임을 말하려고 여기까지 왔습니다.

에리직톤에게 찾아왔던 그 불 같은 욕망은 행복의 원동력이 아니라 신의 징벌이었습니다.

우리는 모든 욕망을 무력화시키는 단 하나의 욕망을 추구해야 합니다.

그것이 '욕망' 이라는 이름으로 허용된다면, 그것의 이름은 '목마르지 않는 물' 입니다.

진리입니다. 절대 가치입니다.

몸을 움직이고 마음을 채찍질하라

한 고행자가 햇살이 불 같은 한여름에 장작더미를 쌓아놓고 불을 붙였습니다.

불길이 치솟을 때 그는 그곳으로 뛰어들었습니다. 확확 불길이 치솟아 오르자 고행자의 이마에선 비지땀이 흘렀습니다. 목이 타고 입술과 혀가 마르는 것 같았습니다.

그때 그곳을 지나가던 허름한 농부가 그에게 말했습니다.

"당신은 태워야 할 것은 태우지 않고 태우지 않아도 좋은 것은 함부로 태우고 계시는구려."

"뭣이 어째? 태워야 할 게 뭔지 말해 봐."

농부가 빙긋이 웃으며 말했습니다.

"달구지를 끄는 소가 말을 듣지 않으면 소를 때려야지 달구지를 때려서야 무슨 소용이 있소. 몸은 달구지고 마음은 소예요. 그러니 당신도 마음에 채찍질하고 마음을 불사르도록 해야 하지 않겠소?"

우리도 가끔 쓸데없이 열심에 빠져 시간을 허비하는 경우가 있습니다.

세상에서 자신이 하는 일이 가장 옳다고 한 번에 믿어 버리는 사람치고 어리석지 않은 사람이 없다는 것을 안다면, 우리는 허겁지겁 인생을 살지 않아도 되고 후회의 쓴맛을 많이 보지 않아도 될 것입니다.

가위 바위 보로 결정하라

중국에서부터 시작됐다는 가위 바위 보를 생각해보면 기막힌 하늘의 숨결이 숨어 있음을 알게 됩니다.

가위는 보를 이기고 보는 주먹을 이깁니다. 둘이 만나면 어느 한 쪽이 기울어지게 되지만 셋이서는 결코 최상과 최하가 있지 않습니다.

돌고 돌지요. 어느 쪽에도 원망하게 하지 않는 공평의 행위요, 언제든지 처지가 바뀔 가능성을 가지고 있으므로 스스로 잘났다고 나설 수 없습니다.

어린 아이들은 곧잘 무엇을 나누거나 정할 때 이 방법을 씁니다. 그래서 그들은 길게 시비하지 않습니다. 원망도 없습니다. 나타난 결과에 대해 승복합니다. 깨끗하기만 합니다. 그래서 아이들은 늘 머리를 맞대고 모여 있으나 건강합니다.

그런데 어른들은 결코 이 방법으로 살지 않습니다. 그래서 시비가 잦고, 원망이 깊어지면 쉽게 승복하는 깨끗함이 없습니다. 말이 많습니다.

가위와 바위, 바위와 보자기같이 죽기 아니면 살기로 배들기 때문에 건강하지 못합니다. 절대 교만하지 않는 겸손이며, 절망에 빠지지 않는 슬기여고, 함께 사는 지혜입니다.

인생의 마당과 존재의 뜰을 가꿔라

'마당'은 집에서 중요한 공간입니다.

살림이 넉넉하고 집터가 넓으면 앞마당, 뒷마당, 바깥마당까지 갖추고 삽니다.

마당은 일터이며 공중 회집 장소입니다. 타작을 하고, 길쌈을 하고, 명절이 닥치거나 혼례나 환갑 같은 큰일이 생기면 잔치판도 벌이고 놀이판도 벌이고, 여름철 밤이면 모깃불도 피워놓고 이야기판도 벌이는 곳입니다.

'뜰'은 '마당'과는 사뭇 다릅니다. 집에서 가장 뒷전으로 밀리는, 별볼 일 없는, 집 안 사람들이나 바깥 사람들이 그렇게 중요하게 생각지도 않는 공간이 '뜰'입니다. 집채처럼 보금자리도 아닙니다. 마당처럼 일자리도 아닙니다. 놀이자리도 아닙니다. 그렇다고 남새밭처럼 먹을거리를 내놓는 공간도 아닙니다. 어찌 보면 천하의 효용가치라고는 없는, 있으나마나 한 자리인지도 모르겠습니다.

그렇게 '뜰'은 인간의 위와 장을 부풀리거나 자랑이 되는 허세의 공간은 되지 못합니다.

하지만 능소화는 '뜰'에만 심습니다. 몇 포기 꽃, 패랭이나 분꽃을 비롯하여, 앵두, 살구, 감 같은 과일나무를 심고, 천리향이나 매화 같은 꽃나무를 심고, 마침내 연꽃이 피고 수양버들이 드리워지는 연못을 갖춥니다. 그곳이 '뜰'입니다.

지금, 인생이 깊어져서 '마당'이 넓어진 것인지 아니면 존재의 '뜰'을 그동안 잘 가꾼 것인지 생각해 보세요.

좋은 소식을 만들어라

'뉴스'란 무엇입니까?

누군가 영어의 'NEWS'는 '동서남북'의 뜻이라고 했습니다.

N(North), E(East), W(West), S(South)는 모두 동서남북을 뜻하는 것이라고요.

정말 뉴스라고 하는 것이 동서남북의 이야기들인가요?

그럴 듯은 하지만, 뉴스는 '소설(novel)'의 어원과 마찬가지로 '새롭다'는 뜻이 있는 라틴어 'novum'에서 왔습니다.

'새로운 것'이라는 형용사를 명사로 전용해 다시 그것을 복수형으로 만든 것이 '뉴스(News)'라는 것입니다.

이기주의적인 관성에 찌든 세상에 열린 의식과 미래 지향적인 관념을 전달하는 굿 뉴스(good news)가 필요한 때입니다.

젓가락으로 살아라

막국수, 칼국수, 잔치 국수, 냉면….

'롤랑 바르트' 라는 사람이 있었습니다. 그는 서양 사람들이 사용하는 포크가 동물의 '발톱' 이라고 했습니다. 나이프와 포크는 고기를 찢기 위해서라는 것이죠. 흔히 고기를 '썬다' 고 하지만 그건 점잖은 표현이고 사실은 '찢어 발기는' 것입니다. 표범의 날카로운 발톱이 고기를 찢는 것을 상상해 보세요. 고깃덩어리가 찢겨질 때 그 사이에 '식욕의 불꽃' 이 타지 않습니까? 찢어 먹기 위해, 식욕을 돋우기 위해, 그들은 포크와 나이프를 쓰는 거죠.

그러나 젓가락은 그렇지 않습니다. 그것은 결코 찢기 위한 것이 아니라 쪼는 것에 가깝습니다. 새가 모이를 쪼아 먹는 것과 같다고 말한 사람도 '롤랑 바르트' 입니다. 젓가락은 새의 부리와 같은 겁니다. 젓가락질에서는 '식욕의 불꽃' 이 일어나지 않습니다.

포크는 달랑 한 개만으로도 모든 해체가 가능합니다. 하지만 젓가락은 한 개로는 그 구실을 하지 못합니다. 젓가락은 짝을 이루어 융합에 나섭니다. 젓가락은 갈라져 있는 것들, 따로 외롭게 떨어져 있는 것들을 짝을 지어 주는 문화입니다. 잔칫날 생일날 국수를 먹는 뜻이 이겁니다.

젓가락은 사랑의 이미지입니다. 가지런하다든가, 열렸다(交合)는 표
현들은 남녀가 짝을 짓는 상징성을 가지고 있죠.

그러니 파스타나 스파게티를 먹을 때 포크가 아닌 젓가락
으로 새가 쪼듯이 그렇게 콕콕 찍어 먹는 것은 어떨까요?

호미와 낫을 잘 써라

문맹자를 보고 "낫 놓고 기역자도 모른다."라고 합니다.

낫 모양이 한글의 첫 글자인 ㄱ 자처럼 생겼기 때문에 그런 속담이 생겨난 것이죠. 낫은 날카로운 칼날을 지니고 있지만, 사람을 공격하는 무기가 될 수 없는 것은 그 모양이 ㄱ 자처럼 구부러져 있기 때문입니다. 낫을 잘못 휘두르다가는 상대방이 아니라 오히려 자신의 정강이나 손가락을 베기가 쉽습니다. 생김새만 안으로 구부러진 것이 아니라 그 칼날 역시 안쪽으로 나 있어서 남을 공격하기에는 적당치 않습니다.

이에 비해 유목민 전통의 서구 사회에는 농기구 날이 밖으로 서 있는 게 많고 생김새도 창처럼 꼿꼿하게 생겼지요.

우리의 농기구는 무기의 기능을 철저하게 배제하는 데서부터 출발합니다. 즉 칼이나 창의 끝을 구부리고 밖으로 선 날을 안으로 세울 때 비로소 농부의 연장이 되는 것입니다.

농기구 사용하는 것을 보더라도 서양 사람들은 보통 칼을 쓰듯이 안에서 밖으로 내미는 데 비해서 한국인들은 거꾸로 밖에서 안으로 잡아당깁니다. 톱질하는 것을 놓고 비교해 보면 금세 알 수 있죠. 괭이, 고무래, 갈퀴, 그리고 특히 호미가 그렇습니다.

자기 가슴을 향하고 있는 칼날. 그것이 바로 낫의 특성을 강조한 호미입니다. 그러므로 호미질을 세게 하면 자신의 발을 찍게 될 것입니다.

호미는 풀을 베는 낫처럼 파괴적인 일만 하는 게 아니라 흙을 북돋우는 일을 합니다. 뽑는 작업이든 북돋우는 일이든 호미는 뿌리의 근원을 향해 있는 날입니다. 안으로 구부러져 있는 호미의 형태는 지평선으로 확산해가는 힘이 아니라, 안으로, 뿌리로, 자기 자신으로, 끝없이 응집시켜 들어오는 힘입니다.

잘 산다는 거, 그거 별 거 아닙니다.
호미와 낫 잘 쓰기입니다.

버스를 기다려라

버스를 타려면 누구나 기다리는 것을 익혀야 합니다.

늦게 도착하는 버스는 있어도 제시간보다 일찍 오는 버스는 없지요. 정신을 못 차릴 정도로 빠르게 돌아가는 요즘이지만 버스는 여전히 '기다림'을 요구합니다. 그런 버스에 대해서 투덜거리는 사람이 없지는 않습니다.

버스는 언제나 느긋합니다. 기다릴 줄도 알아야 한다고 우리에게 가르칩니다.

버스를 기다려 본 사람들은 주변의 아주 보잘것없는 것들을 기억할 것입니다. 시골 차부의 유리창에 붙어 있는, 세월의 빗물에 젖어 누렇게 빛이 바랜 버스 운행시간표. 때가 꼬질꼬질한 버스의 좌석 덮개에다 자기의 호출기 번호를 적어 놓고 '애인 구함'이란 문구에서 읽히는 소

년들의 풋내 나는 마음.

여유로운 기회를 얻지 못한 사람일수록 자기 삶의 뿌리를 내리지 못하고 시간과 속도의 노예가 되어 헤매기 십상입니다.

대체로 요즘 사람들은 창밖을 보려고 하지 않습니다. 오직 자기 자신에게만 관심이 있기 때문입니다. '나' 아닌 것에 대한 살뜰한 관심과 배려를 이야기하면 시대에 뒤쳐진 사람으로 이해되지요.

하지만 관심이란 사물을 볼 줄 아는 눈을 갖는 것으로부터 시작됩니다. 버스는 그런 눈을 가져야 한다고 말하는 것 같습니다.

남을 볼 줄 알아야 진정한 '나' 도 만나게 된다고….

감염되라

2006년에 나온 〈Copying Beethoven〉이라는 영화가 있습니다.

베토벤의 마지막 교향곡 9번 '합창'에 담긴 이야기가 그 줄거리입니다.

당시의 음악가들에겐 작곡가가 적어놓은 알아보기 어려운 원 악보를 출판사에서 알아보기 쉽게 필사하는 작업이 필수적이었습니다. 이를 'Copying'이라고 했는데, 그것만을 전담으로 하는 비서가 있었습니다.

말년에 베토벤은 '안나 홀츠'라는 새 카피어를 들였습니다. 베토벤은 필사자의 능력을 알아보려고 일부러 음표를 틀리게 그려서 안나 홀츠에게 줬습니다. 안나 홀츠는 그 틀린 음표를 고쳐서 베토벤에게 보여줬다고 합니다. 영화에서 베토벤은 안나 홀츠에게 다음과 같이 말하는 장면이 나옵니다.

"모두 내가 침묵 속에 사는 줄 알아. 그렇지 않아. 내 머릿속엔 소리로 가득 차 있어. 절대 멈추지 않아. 나의 유일한 위안은 그걸 쓰는 거야. 하나님이 내 마음을 음악으로 감염시켰어. 그리고 어떻게 했지? 귀머거리로 만들었어. 내게서 모든 사람이 갖는 즐거움을 앗아갔어. 내 곡을 내가 듣는 즐거움을 말이야."

감염(感染), 그게 꼭 나쁜 것만은 아닙니다.

3장
먼저 비워내야 비로소 채워진다

———

내 영혼이 일러주었다. 나는 난쟁이보다 더 크지 않고 거인보
다 더 작지 않음을. 모든 사람을 만든 똑같은 재료로 내가 만
들어졌음을.

– K. 지브란

원망하지 마라

흔들리지 않고/ 피는 꽃이 어디 있으랴/
이 세상/ 그 어떤 아름다운 꽃들도// 다 흔들리면서 피었나니/
흔들리면서 줄기를 곧게 세웠나니//
흔들리지 않고 가는/ 사랑이 어디 있으랴//
젖지 않고/ 피는 꽃이 어디 있으랴//
이 세상/ 그 어떤 빛나는 꽃들도/ 다 젖으며 피었나니//
바람과 비에 젖으며/ 꽃잎 따뜻하게 피웠나니/
젖지 않고 가는 삶이 어디 있으랴//

도종환 시인의 '흔들리지 않고 피는 꽃이 어디 있으랴' 입니다. 우리는 살아가면서 많은 실수를 합니다. 하지만, 실수는 잘못된 일이라고, 실수를 하면 안 된다고 생각하지요. 우리는 실수를 통해 성장합니다.

실패도 마찬가지입니다. 실패는 성공의 필연적 과정입니다. 실패했을 때 좌절하거나 누군가를 원망하지 마세요. 그저 '밤이 됐구나.' 생각하십시오. 잘 자고 나면 다시 해가 뜨는 원리를 기억하십시오.

도종환의 시처럼 우리 삶의 실패와 실수를 아름답게 피어
나는 한 송이 꽃으로 노래할 줄 알아야 하지 않을까요?

상처 받아라

노자는 세상의 출세와 부귀를 잊고 옻나무를 심어 옻진을 내어 팔며 살고 있었습니다.

그의 친구 혜시는 위나라에서 재상을 하고 있었습니다.

어느 날 노자와 혜시가 만났을 때 혜시가 노자에게 물었습니다.

"그래, 옻나무 재배는 잘 되고 있는가?"

"잘 되고 있다네. 난 옻나무로부터 많은 것을 배우고 있어."

"무얼 배우고 있나?"

"옻나무만큼 진한 체액을 내는 나무도 없지 않나? 그 체액으로 여러 종류의 제품들을 썩지 않도록 보존해 주고, 아름다운 광택이 나도록 해 주는 것이지. 참으로 귀한 체액이야. 그런데 그 체액은 그냥 흘러나오는 게 아니라 반드시 상처를 통해서 나온다네. 옻나무를 보면 알겠지만, 온통 상처투성이야. 오래된 상처가 아물면 또 새로운 상처를 입혀 옻나무 체액을 얻어낸다네. 자신의 상처를 통해 값진 것을 흘려 내는 것을 보며 참다운 인생을 생각한다네. 상처 없인 값진 체액이 나오지 않는 거야."

화학 도료가 많이 발달한 지금도 옻칠을 따라갈 만한 것은 없습니다.

삶을 통해 진한 체액을 내는 존재가 돼야 하지 않을까요?

✉

상처 없이는 쓸 만한 진액이 나오지 않는 것도 기억해야겠
습니다.

화가 났을 때 아무것도 하지 마라

중국과 페르시아를 정복한 용맹한 장군이 있었는데, 그가 몽골의 칭기즈 칸입니다.

그가 어느 날 군사들과 사냥을 나갔습니다. 각기 흩어져서 짐승을 쫓다가 칭기즈 칸은 제법 깊은 산중까지 들어갔습니다. 목이 말랐습니다.

얼마 후에 한 방울씩 떨어지는 샘을 발견했습니다. 가랑잎을 접어 물이 가득 고이기를 기다렸다가 막 물을 마시려 할 때, 어깨 위에 앉았던 매가 내리치는 바람에 물을 쏟고 말았습니다.

불쾌했지만 평소 아끼던 사냥용 짐승이었으므로 다시 물을 받았습니다. 그런데 이번에도 번개같이 내리쳐 물을 엎질러 버리는 것이 아니겠습니까? 가랑잎 바가지는 펄렁 샘의 윗부분으로 날아갔습니다.

칭기즈 칸은 다시 한 번만 물을 엎지르면 매를 죽여 버리겠다는 생각에 칼을 뽑았습니다. 그리고 한 손을 오므려 물을 받아 먹으려고 하자 매가 날아들었습니다. 그는 이때를 놓치지 않고 칼을 휘둘러 매를 죽이고 말았습니다.

이제는 넉넉하게 갈증을 해결할 수 있다고 생각한 칭기즈칸이 날아올라간 가랑잎을 주워오기 위해 샘 위로 올라갔습니다. 그곳에는 작은

웅덩이가 있었습니다. 하지만, 웅덩이 속에는 독이 많다는 지네가 가득
있었습니다.

목마른 것도 잊어 버린 칭기즈 칸은 피를 흘리고 죽어 있는 매를 바
라보았습니다.

그리고 말했습니다.

✉

"화가 났을 때는 아무것도 해서는 안 된다는 교훈을 얻
었다."

손가락질하지 마라

물고기 박사로 불리는 최기철 교수는 물고기에 대한 재미난 이야기를 책에 담았습니다.

이른바 '7:3에 관한 이야기'입니다.

한 무리의 물고기 떼를 관찰해보면 물고기가 두 종류로 나뉩니다. 모양은 다 같아 보여도 행동은 다릅니다. 착하고 얌전해 다른 물고기들과 잘 지내는 좋은 물고기, 자꾸만 다른 물고기를 쫓아다니며 괴롭히는 나쁜 물고기도 있습니다.

그 좋은 물고기와 나쁜 물고기의 비율이 7:3입니다. 즉, 열 마리의 물고기 중 좋은 물고기는 일곱 마리 정도, 나쁜 물고기는 세 마리 정도라는 것입니다.

교수는 해코지하려 드는 나쁜 물고기를 솎아내면 일곱 마리가 아주 행복하게 살겠구나 하는 생각에 세 마리의 나쁜 종자를 골라냈습니다.

어떻게 됐을까요?

착한 물고기만 남았으니 행복이 철철 넘쳐야 하지 않겠습니까. 그런데 어느새 남아 있는 일곱 마리 중에서 두 마리 정도, 그러니까 또다시 나쁜 짓을 하는 물고기가 7:3의 비율로 생겨났습니다.

어느 물고기 떼든지 착한 물고기와 그렇지 못한 물고기가 공존합니다. 성질이 좋지 않은 3이 그렇지 않은 7을 긴장하게 하고 생기 돌게 하는 역할을 하는 것입니다.

그것은 비단 물고기가 사는 어항 속만의 일은 아닙니다. 사람들의 세상이 그럴 것이고, 한 사람 한 사람도 마찬가지일 것입니다. 누구에게나 좋은 점과 나쁜 점은 섞여 있습니다. 내가 누군가를 만날 때 상대방의 어떤 점을 중심에 두고 바라보느냐가 중요합니다.

✉

혹시, 누군가를 솎아내야 하는 대상으로 보고 손가락질하고 있지는 않습니까?
불행은 여기부터 시작됩니다.

무지하지 마라

타고르는 게으른 사람이었습니다.

집안에 하인이 없으면 아무런 일도 하지 못했지요. 어느 날 날마다 아침 일찍 오는 하인이 그날따라 지각을 했습니다. 한 시간이 지나도 하인이 나타나지 않자 타고르는 매우 화가 났습니다. 하인에게 무슨 벌을 줘야 할까 생각하며 벼르고 있었습니다.

하지만 한 시간이 지나고, 두 시간, 세 시간이 지나도 하인이 나타나지 않자 타고르는 하인에게 벌을 줄 게 아니라 해고를 시켜야겠다고 마음먹게 됐습니다.

아침나절이 다 지나가고 한낮이 됐을 때야 하인이 나타났습니다. 그런데 하인은 말없이 아무런 일도 없었던 것처럼 천연덕스럽게 일을 시작하는 것이었습니다. 주인의 옷을 가져다주고 밥을 준비하고 방 안 청소를 했습니다.

하인의 모습을 보고 있던 타고르는 화가 머리 꼭대기까지 올라 버럭 소리를 내질렀습니다.

"당장 그만두고 나가!"

하지만 그 하인은 여전히 비질을 계속했습니다.

더 화가 난 타고르는 하인의 뺨을 내리치며 당장 나가라고 소리를 질렀습니다.

하인은 바닥에 팽개쳐진 빗자루를 다시 들고 이렇게 이야기했습니다.

"제 어린 딸애가 어제 저녁에 죽었습니다…."

타고르는 사람의 악함이 무지에서 올 수 있음을 깨달았습니다.

✉

자기 자신보다 다른 사람의 처지에서 생각하고 이해하는
여유가 필요합니다.

결핍에서 빛을 찾아라

음악의 아버지로 칭송받는 요한 세바스찬 바흐는 자신의 깊은 신앙을 음악 속에 담으려고 노력한 사람입니다.

그는 인생에서 커다란 위기를 맞을 때마다 하나님의 사랑을 믿으며 절대 절망하지 않았습니다.

그가 인생의 황혼기를 맞았을 때 시력이 급격히 나빠져 앞이 보이지 않게 될 위기에 처했습니다. 가족들은 바흐가 더는 자신이 좋아하는 작곡을 할 수 없을 것 같아 큰 시름에 빠졌습니다.

하루는 바흐의 친구가 기쁜 소식을 들고 그를 찾아왔습니다. 유명한 안과 의사가 이 도시에 들를 예정이라 하니 그 의사에게 꼭 치료를 받아보라는 것이었습니다. 조급한 마음에 그의 가족들은 즉시 의사에게 편지를 띄웠고 의사는 기꺼이 바흐를 치료해 보겠다고 승낙했습니다.

마침내 바흐는 의사를 만나 수술을 받았습니다. 가족들이 가슴을 졸이는 가운데 어느덧 시간이 흘러 바흐의 눈에서 붕대를 푸는 날이 됐습니다. 온 가족이 지켜보는 가운데 의사가 붕대를 풀었고, 바흐가 두리번거리며 눈을 껌벅거리자 그의 아들이 물었습니다.

"아버지, 이제 잘 보이세요?"

그러나 바흐는 잔잔한 미소만 지을 뿐이었습니다.

가족들이 다시 묻자 그제야 대답했습니다.

"신의 뜻대로 됐구나. 아무것도 보이지 않는구나!"

안타까움에 모두가 눈물을 흘리며 슬퍼하자 바흐는 다시 이렇게 말했습니다.

"슬퍼하지 마라. 이제 소리에만 집중하게 되어 더 아름다운 음악을 만들 수 있게 됐으니 나는 오히려 기쁘다."

어떤 불행도 희망의 사람을 처형하지는 못합니다.

희망은 모든 부재(不在)를 없애고, 결핍의 어둠에 빛을 던집니다.

더 좋은 것을 알아내라

어느 시골 초등학교에서 있었던 일입니다.

선생님이 여남은 되는 아이들에게 자연 공부를 시키다가 물었습니다.

"만약 너희가 새가 될 수 있다면 어떤 새가 되고 싶니?"

그러자 아이들이 왁자하게 대답을 했습니다.

꾀꼬리며 종달새, 할미새에다가 공작이 나오는가 하면, 까치가 되고
싶다는 둥 온갖 예쁜 새들을 불러냈습니다.

그런데 그중에 정희라는 아이는 뚱딴지같이 '까마귀'가 되고 싶다고
말했습니다.

그 대답에 아이들의 소란이 줄어들었습니다.

선생님이 물었습니다.

"정희야! 너는 하필 그 많은 새 중에서 까마귀가 되고 싶은 이유가
뭐냐?"

정희는 침착하게 대답했습니다.

"우리 할머니가 그러는데요, 까마귀는 봄과 여름에 새끼를 쳐서 여름
내내 길러 놓으면 가을이 되어 다 자란 자식들이 겨울 동안 어버이를 공
양한다고 그러셨어요. 그러니 모양이 좋은 다른 새들보다 마음씨 좋은

까마귀가 더 좋은 새라고 생각을 했어요. 그래서 저는 까마귀가 되고 싶어요."

✉

노인들은 아이들을 길러내고 다 큰 아이들은 노인을 부양합니다. 서로가 서로를 키워내고 유지하는 일로 세대는 세대를 이어 존속해 갑니다. 그것이 자연의 순리입니다.

아이처럼 원하라

외국의 어느 자전거 경매장에서 있었던 일입니다.

그날따라 좋은 자전거를 적당한 값에 사려고 많은 사람이 경매장에 모였습니다.

키가 큰 어른들이 분주하게 들어선 그곳에 한 소년이 앉아 있었습니다. 소년은 꼬깃꼬깃한 5달러짜리 지폐 한 장을 손에 꼭 쥐고 초조하게 자리를 지키고 있습니다.

드디어 경매가 시작됐습니다. 소년은 볼 것도 없다는 듯 벌떡 일어나 손을 들고 "5달러요!"하고 외쳤습니다. 그때 바로 "10달러!" "15달러!" "20달러!" 하는 외침과 함께 첫 번째 자전거가 20달러에 낙찰됐습니다.

두 번째에도 소년은 더 큰 목소리로 5달러를 외쳤습니다. 세 번째에도, 네 번째에도… 그 값에 자전거는 어림도 없었습니다.

경매사는 안타까운 마음에 소년에게 슬쩍 말했습니다.

"꼬마야, 자전거를 사고 싶거든 20달러나 30달러쯤 부르거라."

꼬마는 풀이 죽은 목소리로 대답했습니다.

"제가 가진 돈이 이것뿐이거든요. 우리 아빠 실직당했고, 엄마는 아파서 돈을 주실 수가 없어요. 제 동생한테 자전거를 꼭 사 주겠다고 약

속했단 말이에요."

어느덧 경매가 다시 시작됐습니다.

소년은 여전히 제일 먼저 5달러를 외쳤지만 낙찰되지는 않았습니다.

그날의 마지막 자전거. 그날의 상품 중 가장 좋은 것으로 많은 사람이 그 경매를 고대했습니다.

경매가 시작되자 소년은 힘을 다해 5달러를 외쳤습니다. 순간 경매장 안이 조용해졌습니다. 아무도 다른 값을 부르지 않았습니다.

"더 없습니까? 다섯을 셀 동안 아무도 없으면 이 자전거는 어린 신사의 것이 됩니다."

사람들은 모두 팔짱을 낀 채 경매사와 소년을 주목했습니다.

"5, 4, 3, 2… 1!"

"와아!"

마침내 소년에게 자전거가 낙찰됐습니다. 소년은 5달러짜리 지폐 한 장을 경매사 앞에 내놓았습니다. 순간 그곳에 모인 사람들 모두가 소년을 향해 일제히 손뼉을 쳤습니다.

간절히 원하는 일은 반드시 이뤄지는 것입니다.

날마다 감사할 일을 찾아라

풍랑을 만난 고깃배가 있었습니다.

남편을, 아버지를, 아들을 바다로 보낸 가족들은 발을 동동 구르며 걱정으로 밤을 지새우고 있었습니다. 그런데 엎친 데 덮친 격으로 마을의 한 집에 불까지 났습니다. 불은 걷잡을 수 없이 번져갔습니다. 마을 사람들이 정신없이 불길을 잡았습니다. 몇 시간이 흘렀을까, 불은 꺼지고 바람도 점점 잦아들었습니다.

마을 사람들이 모두 집으로 되돌아 가 또다시 바다로 나간 이를 기다리고 있을 때, 고기잡이 나갔던 어부들이 하나 둘 마을로 올라왔습니다. 모두 안도의 눈물을 흘리며 기뻐했습니다. 그런데 집이 타 버린 어부의 아내는 돌아온 남편을 붙들고 통곡을 하는 것이었습니다.

"여보, 당신이 돌아와서 좋긴 하지만 집이 다 불타 버렸어요. 이제 우린 어디에서 살아요."

그러자 남편이 말했습니다.

"우리 집은 불타 없어졌지만, 간밤에 우리는 그 불빛을 보고 방향을 잡을 수 있었다오. 어젯밤 화재는 우리 모두를 살린 구원의 불빛이었다오."

우기청호(雨奇晴好), 비가 오나 눈이 오나, 날마다 감사이
고, 되는 일마다 고마움입니다.

집 밖으로 나가라

수개월 동안 병마에 시달리는 여자가 있었습니다.

시간이 흐를수록 수척해져 그녀는 시든 꽃과 같아졌습니다.

그럴 때마다 그녀의 어머니는 매번 하나님께서는 그녀를 사랑한다고 일러줬습니다.

"하나님은 너를 사랑하신단다."

오랜 시간 지칠 데로 치진 여자는 소리쳤습니다.

"하나님이 정말 저를 사랑하시기는 하는 것인가요? 그렇다면 왜 나를 이렇게 만드신 건가요!"

어머니가 대답했습니다.

"하나님은 너를 만드신 것이 아니라 지금 만들고 계신 것이란다."

우리는 완성품이 아닙니다.

하나님은 지금 작업 중이십니다.

창 밖을 보세요.

집 밖으로 나가 땅 위에 서 보세요.

세상의 많은 것들이 발을 톡톡 밀어내는 것을 느낄 수 있을 것입니다.

정리해뒀던 것을 들춰라

'달고 팬다'는 말과 '엉엉 운다'는 말이 있습니다.

그냥 '팬다'고만 하면 되지 왜 하필이면 '달고 팬다'고 했을까요? 달아 놓고 패야 마음 바닥을 다 드러내도록 제대로 팰 수 있기 때문이지요.

어떤 수도사가 있었습니다. 그는 수도원 마당에 큰 구덩이를 파고 관을 하나 내려놓고는 시도 때도 없이 관에 들어가 한참을 누워 있다가 나오곤 했습니다. 그렇게 간절하게, 목숨을 놓아버리도록, 죽음을 귓바퀴처럼 달고 살 듯 그렇게 간절하게 살아야 한다는 것이겠지요.

어떤 수행자는 억수비가 오는 날이나 천둥 치는 날을 골라 산속으로 들어가 대성통곡을 했습니다. 세월이 가고 계절은 바뀌는데 깨달은 바가 없어 가슴이 미어진 것이지요. 크게 대성통곡을 해야 했으나 그것마저 부끄러워 억수비 오는 날을 골라 엉엉 울었다는 것입니다.

'엉엉 운다'는 말은 자신의 이상에 이르지 못할 때 느끼는 부끄러움이 아닐까요?

때때로 내가 나에게 해 주는 말이 필요할 때가 있습니다. 그렇게 마음의 바닥이 다 드러나도록 자신을 흠씬 두들겨야 새로운 것을 건질 수 있다는 것입니다.

✉

꼼꼼히 정리하고 묶어 두어도 어디 있는지 통 찾을 수가 없을 때가 있습니다. 그것들을 들추다가 '나'를 찾게 될 수도 있습니다.

리듬을 타라

옛날 중국 북방의 요새 근처에 한 노인이 살고 있었습니다.

어느 날 이 노인의 말이 오랑캐의 땅으로 달아났습니다.

사람들이 이를 위로하자 노인은 태연하게 말했습니다.

"누가 압니까? 이 일이 복이 될지."

몇 달이 지난 어느 날, 그 말이 오랑캐의 말과 함께 돌아왔습니다.

사람들이 이를 보고 축하하자 노인은 또 태연하게 말했습니다.

"누가 압니까? 이 일이 화가 될지."

그러던 어느 날, 노인의 아들이 그 오랑캐의 좋은 말을 타다가 떨어져 다리가 부러졌습니다.

사람들이 이를 위로하자 노인은 태연하게 말했습니다.

"누가 압니까? 이 일이 복이 될지."

그로부터 1년이 지난 어느 날, 오랑캐가 대거 침입해 수많은 젊은이가 싸우다 죽고 말았습니다.

그러나 노인의 아들만은 무사했습니다.

✉

인생의 행복과 불행은 항상 바뀌어 미리 헤아릴 수 없습니다.
오늘의 행복과 불행에 얽매이는 것도 어리석은 짓입니다.
다만, 생의 리듬을 잘 타면서 살아가기만 하면 됩니다.
그것이 인생의 지혜입니다.

뜨거운 가슴을 선물하라

'베다니' 라는 동네에 사는 어린 아이들 몇 명이 편을 나눠 군인 놀이를 하고 있었습니다.

서로 나무토막을 던지고 돌까지 던지게 됐는데, 그만 한 아이가 눈에 돌을 맞았습니다.

눈에서는 피가 튀고 검은 먹물까지 쏟아졌습니다. 그 아이의 한쪽 눈은 영영 볼 수 없는 지경에 이르게 됐습니다.

의사 선생님은 "눈을 고치려면 성한 눈을 이식하는 수밖에는 없습니다."라고 말했습니다.

같이 놀던 아이들의 부모는 일제히 자기의 눈을 빼서라도 그 아이의 눈을 고쳐달라고 말했습니다. 수십 명의 어른이 한결같이 간청하자 의사 선생님은 난처해졌습니다.

그때 눈을 다친 아이의 부모가 말했습니다.

"여러분에게는 아무런 잘못도 없습니다. 그런데도 이렇게 큰 감동을 주시니 감격스럽습니다. 비록 아이의 눈 한쪽을 잃어버렸지만, 여러분의 뜨거운 가슴을 선물로 받게 됐습니다. 아마 우리 아이에게도 평생 기쁨이 될 것입니다. 그러니 여러분의 간청을 거두어 주십시오."

이 동네는 예수가 죽은 나사로를 다시 살아나게 한 곳입
니다.

예민하라

화살을 기막히게 잘 쏘는 신하가 임금님과 함께 궁궐 높은 누각 아래서 활쏘기를 하고 있었습니다.

그때 동쪽 하늘로부터 기러기 한 마리가 날아오면서 끼룩끼룩 울고 있었습니다. 그 모습을 본 신하가 말했습니다.

"제가 화살을 헛당겨 저 기러기를 떨어뜨려 볼까요?"

"아니, 화살을 기러기에 맞히지 않고도 기러기를 떨어뜨릴 수 있다는 말이냐?"

"네, 그런 기술도 있습니다."

신하는 여유 있게 미소를 짓더니 활 시위를 당겨 기러기가 날아가는 근방에다 화살을 쏘아 올렸습니다. 물론 화살은 기러기를 맞추지 못하고 엉뚱한 곳으로 빗겨나갔지요. 그런데 잠시 후 기러기가 하늘에서 곤두박질치더니 땅으로 떨어지는 것 아니겠습니까.

"이럴 수가! 화살이 빗나갔는데 어떻게 기러기가 떨어질 수 있는 것인가?"

"그것은 간단합니다. 저 기러기가 날아올 때 저는 기러기의 울음소리를 주의 깊게 들었습니다. 울음소리가 처량하게 들렸는데 그것은 무리에서 떨어진 탓이며, 그렇게 된 이유는 몸에 난 상처 때문이지요. 그 상처가 파열돼 밑으로 떨어진 것입니다. 이것이 바로 '허발법' 입니다."

무슨 일을 하든지 이 정도 예민함은 가져야 하지 않을까요?

가진 것을 버려라

부자가 있었습니다.

그러나 수레의 바퀴처럼 재물이 돌고 돌아 빈털터리가 됐습니다. 엎혀 지낼 만한 자녀도 없어서 이웃집에서 허드렛일을 해 주며 노년을 보내고 있었습니다. 어느 날 주인의 친척이 일하는 노부부를 보고는 주인에게 물었습니다.

"저 노인들은 누구입니까?"

"이 고장에서 제일 큰 부자였네. 지금은 무일푼이 되어 우리 집에서 저렇게 살고 있네."

"얼마나 속이 상하고 쓸쓸할까요."

손님으로 온 친척은 혀를 차면서 말했습니다.

"아니, 그렇지도 않다네. 얼마나 즐겁게 사시는지 모른다네."

"그럴 리가 있습니까?"

"한번 물어보시게나. 믿지 못하겠거든."

"어때요, 할아버지. 옛날의 생활이 생각나서 마음이 괴롭거나 비참하지 않으십니까?"

노인은 미소를 지으며 나지막이 말했습니다.

"지금 살아가는 게 훨씬 행복하다고 말하면 당신은 믿지 않을 거요. 돈이 많았을 때는 조용한 내 시간이 없었어요. 영혼에 대해서 생각하지도 못했고요. 마음은 언제나 번거롭기만 하고 근심이 끊이질 않았지요. 그런데 지금은 언쟁할 건더기도 없고, 근심할 일도 없어요. 주인이 하라는 일만 잘하면 일용할 양식이 절로 나오지요. 내가 걱정할 일은 아무것도 없어요. 50년 동안 찾아온 행복을 이제야 겨우 발견한 걸요."

✉

풍요롭게 살아가는 데에 돈이 꼭 필요한 것은 아닙니다. 돈은 수단의 하나일 뿐입니다. 마음이 풍요로우면 모든 것이 풍요롭습니다.

집중하는 이유를 만들어라

어떤 요리사가 대단히 큰 칼을 가지고 소를 한 마리 요리하고 있었습니다.

그런데 어찌나 자주 칼이 무뎌지는지 신경질이 났습니다. 그래서 '한 꺼번에 여러 번 갈아두자!'라고 생각을 했습니다. 그는 칼을 가는 데 열중했습니다. 열 배도 더 갈았습니다.

돌아와 칼질을 해보니 한 번만 쓰면 무뎌졌습니다. 이번에는 백배나 더 열심히 칼을 갈았습니다. 그러는 사이에 그는 이미 소고기 요리 따위는 까맣게 잊어 버리고 칼 가는 일에만 열중하게 됐습니다.

옛 어머니들은 자식들에게 부엌에서 쓰는 식칼을 갈아오라는 심부름을 시키시곤 했습니다. 물론 아버님이 계시지 않을 경우였지만요. 처음에는 겉이 번들거리기만 하면 되는 줄 알고 날은 안 세우고 칼의 표면만 갑니다. 하지만 칼 갈기에 익숙해질수록, 표면이 반들거리는 것과 오랫동안 숫돌에 문지르는 것은 칼날을 세우는 것과 상관이 없다는 것을 알게 되지요.

우리는 어떤 이유에 집중하고 살아야 할까요?

남의 것을 다루지 마라

재주가 뛰어난 젊은이가 있었습니다.

복잡한 일이건 단순한 일이건 그의 눈이 한 번 스치기만 하면 그대로 익힐 수 있었습니다. 그는 자신의 총명함을 믿고 스스로 이렇게 다짐했습니다.

'천하의 기술은 기필코 다 익히고야 말리라. 만약 한 가지라도 모르는 것이 있다면 밝게 통달했다고 할 수 있으랴.'

젊은이는 사방팔방 돌아다니며 여러 스승 밑에서 온갖 잡기를 배우고 익혔습니다. 의학, 천문, 지리, 무너지는 산과 땅을 누르는 법, 도박과 장기… 별의별 일을 죄다 익혔습니다.

'사내로서 이만하면 되지 않겠는가?' 라고 생각한 젊은이는 인도로 향했습니다.

그는 그곳에서 탁발하는 수행자를 만나게 됐습니다. 처음 보는 모습이었습니다. 젊은이가 물었습니다.

"당신은 어떤 사람입니까? 다른 사람과 무엇이 다릅니까?"

수행자는 대답했습니다.

"나는 나 자신을 다루는 사람이오."

"아니, 나 자신을 다루다니요? 무엇을 가리켜 자신을 다룬다고 하십니까?"

"활 만드는 사람은 활을 다루고, 뱃사공은 배를 다루며, 목수는 나무를 다루고, 지혜로운 사람은 자신을 다루지요. 자신을 다룰 줄 알게 되면 비난과 칭찬에도 흔들리지 않고, 깊은 연못처럼 맑고 고요하며, 진리를 듣고 마음을 깨끗이 빨아 마음의 천국을 이루는 것이지요."

자기는 내버려두고 남을 다루려는 헛수고는 이제 그만두어야 하겠습니다.

여섯 개의 은총을 기억하라

한 남자가 배가 몹시 고팠습니다.

그는 빵집에 들어가서 빵 일곱 개를 샀고, 즉시 먹기 시작했습니다. 한 개를 허겁지겁 먹었지만 배고프기는 마찬가지였습니다. 여전히 꼬르륵 소리가 났습니다.

그는 두 개를 더 먹었습니다.

그래도 배가 부르지 않았습니다.

세 개, 네 개, 다섯 개, 여섯 개⋯ 그렇게 차례차례 먹었으나 처음 한 개를 먹을 때와 다를 바가 없었습니다.

이제는 한 개밖에 남은 것이 없었습니다.

그는 일곱 개째의 빵을 한 입에 먹기가 너무 아쉬워 둘로 나눠 그 반쪽을 먹었습니다. 그랬더니 이번에는 배가 불렀습니다.

남자는 남아 있는 반쪽을 손에 들고 억울한 생각이 들었습니다.

"이게 뭐야. 단 반 개의 빵으로 배가 부를 줄 알았다면 여섯 개는 헛먹었잖아?"

때때로 사람들은 반쪽의 경험을 자신의 능력이라 믿고 여섯 개의 은총을 잊고 사는 경우가 많습니다.

반쪽의 배부름이 여섯 개에서 비롯됐음을 알면 인생이 넉
넉해지는 것이고, 여섯 개의 수고를 후회하고 산다면 필경
짜증과 배고픔에서 벗어나지 못할 것입니다.

가장 값진 것을 버려라

자녀도 없이 혼자 사는 비렁뱅이 여인이 있었습니다.

하루하루 동냥으로 살고 있었는데, 어느 날 동네가 술렁거렸습니다. 며칠 후에 나라에서 으뜸가는 선생이 그 고을을 지나가기 때문이었습니다.

동네 사람들은 선생에게 드릴 예물을 준비하기에 바빴습니다. 여인도 무엇이든 선물하고 싶었지만, 그는 아무것도 가진 것이 없었습니다. 여인은 '내가 가난하게 살아가는 것은 서럽지 않지만, 훌륭한 선생님께 드릴 것이 없어 슬프다'고 탄식했습니다.

그날 아침도 슬픈 기색으로 동냥에 나섰습니다. 그날따라 밥 한 술 못 얻어먹고 움막으로 돌아와야만 하는 지경에 이르렀습니다. 하지만 마지막 집에서 동전을 한 닢을 받게 됐습니다. 그때 여인에게 기막힌 생각이 떠올랐습니다.

'이 돈으로 양초를 사서 선생님께 불을 밝혀 드리자!'

그는 돈을 들고 가게로 달려갔습니다. 하지만 양초 한 자루를 사기엔 돈이 턱도 없이 모자랐습니다. 막 눈물이 쏟아질 듯한 여인의 표정을 본 주인이 가엾은 마음에 돈에 비할 수 없는 큰 양초 한 자루를 줬습니다.

드디어 선생이 마을에 당도했고 여인은 불 밝힌 양초를 선생에게 바쳤습니다.

"저는 가난해서 바칠 것이 이것밖에 없습니다. 그렇지만 이 촛불로 제 혼과 모든 인간 세상의 어둠을 밝혀 주소서."

"어떤 부자의 선물보다 가난한 그대의 촛불 한 자루가 귀하다. 이 촛불이 몇 날 동안 불을 밝혀 모든 사람에게 깨달음을 줄 것이다."

✉

자신에게 있는 가장 값진 것을 바쳐 보지 못한 사람은 살았다고 할 수 없습니다.

4장
사람이 다니지 않으면 길이 아니다

———

침대에 눕는다는 것은 인생 최대의 즐거움의 하나라고 나는 믿
는데 이 생각에 찬성하는 사람은 정직한 사람이다. 이에 반하
여 침대에 눕는다는 것을 예찬하지 않는 사람들은 거짓말쟁이
로, 실제로는 대낮에도 정신적으로나 육체적으로나 줄곧 자는
사람이다.

– 임어당

호랑이 가죽을 확인하라

전남 화순 땅에 사는 농부가 깊은 산중에서 밭을 갈다가 호랑이를 만났습니다.

농부는 그만 정신을 잃고 말았습니다.

그때 겁 없는 황소가 용감하게 호랑이에게 달려들어 뿔로 들이받아 버렸습니다.

호랑이는 기습 공격을 받고 창자가 터져 죽고 말았습니다.

얼마 후에 깨어난 농부는 꿈인지 생신지 분간할 수 없었습니다. 그리고 자기 옆에 쓰러진 집채만한 호랑이를 보고 또 한 번 놀랐습니다.

드디어 동네 사람들이 몰려오고 호랑이 가죽이 벗겨졌습니다. 동네 사람들은 무서운 호랑이 가죽을 마을 어귀에 있는 바위에 걸어 놓고 밤새 잔치를 벌였습니다. 황소는 물론 사람들에게 칭찬과 극진한 대접을 받았습니다.

그런데 이튿날 아침, 외양간에서 눈을 비비며 으쓱하니 나오던 황소의 눈앞에 어제보다 약간 큰 또 한 마리의 호랑이가 보이는 것 아니겠습니까? 눈을 크게 뜨고 보고 또 봐도 호랑이임이 분명했습니다. 황소는 어제의 경험을 살려 호랑이에게 돌진했습니다. 그리고 있는 힘껏 들이 받았습니다.

"딱!"

황소의 머리통은 산산조각이 나고 말았습니다.

그것은 호랑이 가죽을 덮어놓은 바위였습니다.

사물은 눈에 보이는 것이 전부가 아닙니다.

후회 없는 소원을 생각해 둬라

어떤 노총각이 있었습니다.

그는 우연히 한 가지 소원만 들어 주는 요술 방망이를 갖게 됐습니다.

총각은 우선 돈을 많이 갖고 싶었습니다. 그리고 예쁜 여자와 만나서 결혼도 하고 싶었습니다.

그는 돈, 여자, 두 가지 소원을 다 이루고 싶은 욕심에 두 단어를 한꺼번에 재빨리 말했습니다. 즉 '돈 여자' 두 단어를 붙여서 말한 것이지요.

마침내 그 노총각의 소원이 이뤄졌습니다.

그런데 이게 웬일입니까? 그에게 나타난 여자는 분명히 예쁜 아가씨인 것만은 틀림없었지만, 돈 여자, 즉 돌아버린 여자였던 것입니다. 남자는 할 수 없이 그 여자와 결혼해 평생을 지내야만 했습니다.

결혼 30주년을 맞은 60세 동갑내기 부부에게도 한 천사가 나타났습니다.

"당신들의 소원을 한 가지씩 들어주겠어요."

아내는 "그동안 워낙 가난하게 살다 보니 여행을 한 번도 못했습니다. 세계 일주 여행을 해 보고 싶습니다."라고 말했습니다. 그러자 천사는 그들에게 항공권과 여행 경비를 건네줬습니다.

소원을 말하자마자 이뤄지는 신기한 광경을 지켜보고 있던 남편은 아내의 눈치를 슬슬 살피며 "제 소원은 저보다 서른 살 젊은 여자와 사는 것입니다."라고 했습니다. 그러자 천사는 "그동안 두 분이 열심히 살아서 드리는 혜택인데, 그 소원을 안 들어 드릴 수가 없지요. 아무튼 그렇게 원하신다면 이뤄 드리기는 하겠지만, 참 이상한 소원을 말씀하시는군요."라고 말하며 곧 남편을 향해 날개를 폈습니다.

그런데 곧 이상한 일이 일어났습니다.

그 남자가 원한 대로 예쁘고 젊은 여인이 나타난 것이 아니라, 남자가 폭삭 늙어 90세의 노인이 돼 버린 것입니다.

내게 가장 필요한 것은 무엇일까요?

눈을 감아 버려라

길가에서 울고 있는 사람이 있었습니다.

행인이 그에게 물었습니다.

"다 큰 어른이 왜 길에서 울고 있소?"

"저는 다섯 살 때 눈이 멀어 지금 20년이나 됐습니다. 오늘 아침나절에 밖으로 나왔다가 홀연 천지 만물이 밝게 보이기에 기쁜 마음으로 집에 돌아가려 하니 길은 여러 갈래요 대문들이 서로 비슷해 저희 집을 찾을 수가 없습니다. 그래서 지금 울고 있습지요."

행인이 말했습니다.

"내 당신에게 집으로 돌아가는 방법을 일러 주지요. 다시 눈을 감으세요. 그러면 곧 집을 찾을 수 있을 겁니다."

그래서 그는 다시 눈을 감고 지팡이를 두드리며 익은 걸음걸이로 곧장 집에 돌아갈 수 있었습니다.

색깔과 모양에 정신을 빼앗기거나 슬픔과 기쁨에 마음을
주면 길을 잃게 마련입니다.

은유법을 찾아라

어떤 골동품 애호가가 식당에서 밥을 먹다가 그 집 개 밥그릇이 청자인 것을 알게 됐습니다.

어떻게 저것을 가져갈까 궁리하다가 잡종인 그 개를 30만 원이나 주고 사겠다고 했습니다.

식당 주인은 좋다고 했습니다.

개를 안고 나오려다가, 그는 값을 후하게 쳐 줬으니 저 개 밥그릇도 같이 주면 안 되냐고 물었습니다.

주인은 그건 안 된다고 했습니다.

왜냐하면 그 개 밥그릇 때문에 개를 30마리도 더 팔았다는 것이지요.

개 밥그릇이 청자인 줄 알았다는 골동품 상인은 우리의 지적 메타포가 아닙니다.

식당 주인, 개를 팔려고 개 밥그릇으로 청자를 쓴다는 그가 우리의 스승일 것입니다.

삶은 이렇게 인간을 참으로 안내하는 은유법으로 우리 곁
에 서성거리고 있습니다.

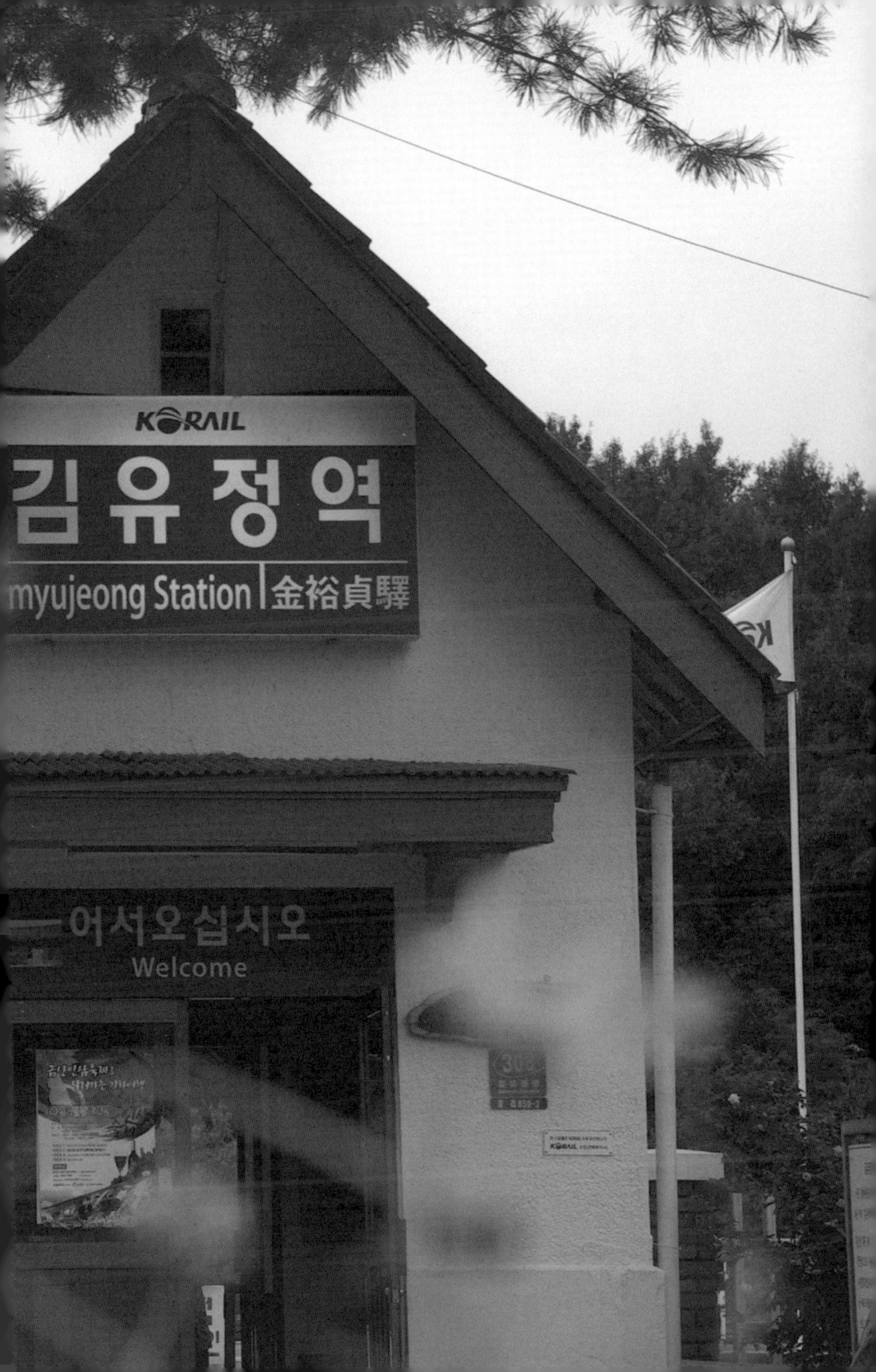
KORAIL
김유정역
myujeong Station
金裕貞驛
어서오십시오
Welcome

우물이 되어 세상을 봐라

"스승님, 진리가 무엇입니까?"

한 제자가 물었습니다.

그러자 스승은 제자더러 진리에 대해 들었거나 깨달은 것을 말해 보라고 했습니다.

그러자 제자가 염려하며 대답했습니다.

"예. 진리는 당나귀가 우물을 들여다보는 것입니다(驢覷井)."

제자가 걱정하던 대로 스승은 탐탁지 못한 얼굴을 지었습니다.

제자가 고개를 떨어뜨리고 기어들어 가는 목소리로 여쭈었습니다.

"스승님. 진리를 가르쳐 주세요."

"정지려(井覷驢)!"

무슨 뜻인지 몰라 어리벙벙해 있는 제자에게 스승이 풀어서 말합니다.

"당나귀가 우물을 보는 게 아니라, 우물이 되어 당나귀를 보는 게 진리다."

비워라

옛날 경상도 어느 고을에서 내기가 벌어졌습니다.

장정 셋이서 두부를 누가 제일 많이 먹는지 겨루는 먹기 내기였습니다. 우승자에게는 쌀 세 가마니를 주기로 했습니다. 세 사람 모두 열 모쯤은 문제가 없다고 큰소리쳤습니다.

그중에서도 가장 자신만만해하는 사람이 있었습니다. 체구도 크거니와 본래 식성이 좋아서 무슨 음식을 먹을 때에는 다른 사람보다 몇 곱절이나 더 먹는 사람이었습니다. 그는 속으로 '이제 곧 쌀 세 가마니가 내게로 굴러온다. 이번 내기는 하나마나 한 것이다.'라고 생각하면서 우승을 자신했습니다. 다른 사람들도 대부분 그가 이길 것으로 생각했습니다.

드디어 내기가 시작됐습니다. 세 사람 앞에는 네모 반듯한 두부가 열 모씩 놓였습니다.

그런데 이상한 일이 벌어졌습니다. 내기가 시작되자 다른 두 사람은 잽싸게 네 모를 먹어치우는데, 우승하리라 생각했던 그 사람은 세 모만 간신히 먹고서는 나가떨어지고 말았습니다.

여섯 모를 먹은 사람이 1등으로 확정됐습니다. 우승할 것으로 여겨졌던 그 사람은 배를 움켜쥐고 억울하다는 듯이 말했습니다.

"내가 조금 전까지는 열 모를 먹고도 아무렇지 않았는데, 참 이상도
하다."

그는 계속 고개를 갸우뚱거리면서 도저히 이해할 수 없다는 태도를
보였습니다.

그제서야 구경꾼들은 그 사정을 알게 됐습니다. 어리석은 그 사람이
내기하기 바로 전에 자신이 얼마나 먹을 수 있는지 알아보려고 두부를
먹어 봤던 것입니다.

그는 두부 열 모를 거뜬히 다 먹었습니다. 그래서 그는 자신이 일등
을 할 수 있다고 큰소리를 쳤던 것입니다.

하지만 이미 열 모를 먹어 놨으니 어떻게 그가 일등을 할 수가 있겠
습니까? 그는 그 이치를 깨닫지 못한 채 '정말 이 세상에는 모를 일이
참 많다.' 라고 계속 한탄하면서 살았습니다.

'비움' 만큼 큰 능동은 없습니다.

잃어 버려라

어떤 수도자가 오랜 수련 끝에 깨달음을 얻었습니다.

그의 얼굴은 광채가 나고, 그의 몸은 끝없는 여유가 향기로 퍼지고 있었습니다. 눈은 호수같이 맑았습니다. 누가 보아도 그는 깨달은 사람이었습니다.

사람들은 깨달은 사람의 변화된 모습을 보면서 그가 참으로 많은 것을 '얻었을' 것으로 생각했습니다. 많은 것을 얻지 않고서야 저렇게 달라질 수가 없다고 생각했거든요. 그래서 수도자에게 물었습니다.

"그래, 당신은 무엇을 얻었습니까?"

그러자 수도자가 웃으며 말했습니다.

"나는 얻은 게 없습니다. 나는 오히려 잃어 버렸습니다. 셀 수 없이 많은 것들을 잃었습니다."

사람들은 놀랐습니다. 그래서 다시 물었습니다.

"잘난 체하느라고 일부러 그러지 말고 똑바로 대답해 주시오. 깨달음을 얻었더니 되레 잃어 버렸다는 말이 어디 있소. 그게 이치에 맞는 말이오?"

"그렇소. 당신들의 이치에는 맞지 않소. 그러나 내 이치에는 맞소. 나는 깨닫기 이전보다 훨씬 가난합니다. 나는 모든 무지와 모든 환영과 모든 욕망을 잃었습니다. 불행, 가난, 무의미함, 절망, 분노, 비난, 열정, 탐욕, 정욕, 시기며 질투… 이런 수천 가지들을 잃어 버렸소."

사람들은 대부분 '얼마나 많이 얻었는가?' 라는 부분에서 소유의 세계를 넘어서지 못합니다.

진정한 깨달음은 그래서 '얻었는가' 가 아니라 '버렸는가' 입니다.

잃은 것이 너무 많아 정작 얻은 것이 없다고 여기는 사람은 크게 감사해야 합니다.

잘난 척하지 마라

장닭이 한 마리 있었습니다.

새벽마다 일정한 시간에 울어서 주인을 깨우는 일을 했습니다. 주인은 기특해 아침마다 콩을 한 줌씩 상으로 주었습니다.

어느 날, 여느 때처럼 주인이 콩을 한 줌 줬는데 장닭은 거들떠보지도 않는 것이었습니다. 병이 들었나 생각한 주인이 물었습니다.

"왜 그전처럼 맛있게 콩을 먹지 않는 거냐?"

"늘 이따위 것만 주니까 그렇지요. 매일 꼭두새벽에 하늘을 환하게 밝히는 것은 바로 내가 아니에요? 내가 없으면 농사고 뭐고 다 할 수 없다고요. 그런데 나를 이렇게 대접해서 되겠어요?"

주인은 아무 소리 하지 않고 돌아섰습니다. 그리고 밤이 됐을 때 장닭의 뾰족한 주둥이를 노끈으로 꽁꽁 묶어 놓았습니다.

이튿날 새벽, 주인은 평상시와 같이 일어나 쟁기를 들고 밭으로 나가다 말고 닭장 안에 있는 장닭에게 말했습니다.

"오늘은 네가 울지도 않았는데 어떻게 날이 밝았지?"

장닭은 부끄러워 한마디 대꾸도 못하고 온 얼굴은 물론 벼슬까지 새빨갛게 물이 들고 말았습니다.

잘난 척하기를 큰 인격인 양하고 자기가 없으면 아무것도
안 된다고 생각하는 자세는 부끄러운 결과를 가져오고 맙
니다.
한 밤만 자고나면 알게 됩니다.

나를 삼켜라

어떤 화가가 그림을 그리고 있었습니다.

길 가던 이가 멈추어 서서 물끄러미 바라보다가 의아스러운 듯 화가에게 물었습니다.

"무슨 그림입니까?"

화가가 대답합니다.

"뼈를 물고 있는 개를 그린 거요."

"뼈가 없잖아요?"

"이미 개가 먹어서 뼈는 뱃속에 들어가 있수다."

"뼈를 먹은 개는 어디 있습니까?"

화가가 진지하게 말합니다.

"아니, 개가 밥 먹은 다음에 그 자리에 남아 있는 것 보셨수? 벌써 자리를 떴으니 개가 안 보일 수밖에 없지요."

무슨 일을 하든지, 자기가 무슨 일을 하고 있는지조차 모를 만큼 자신을 잊어 버려야 한다는 뜻이기도 합니다.

인생에 한두 번은 흠뻑 자기가 삼켜지는 삶의 경험을 하게
됩니다.
그때의 희열이란 이루 말할 수 없습니다.

직업을 통해 깨달아라

코끼리를 길들이는 사람이 어느 날 이름난 스승을 찾아왔습니다.

"선생님, 오래 전부터 좋은 말씀으로 백성들을 가르치신다는 말씀은 들었으면서도 일에 쫓겨 이제 와 찾아뵙게 됐습니다. 저에게도 복된 말씀 한마디 해 주세요."

"무엇 하는 사람인가?"

"코끼리를 길들여 팔아서 살고 있습니다."

"코끼리를 길들이기까지 다루는 법은 어떠한가?"

"세 가지 법으로 코끼리를 다룹니다. 든든한 갈고리로 입을 걸어 고삐를 매어 거친 성질을 죽이고, 먹이를 적게 주어 함부로 날뛰는 것을 조절하며, 몽둥이로 때려 마음을 항복 받습니다. 이 세 가지 방법이면 아무리 드센 코끼리라도 어린애같이 고분고분해집니다."

"자기 자신도 그같이 다뤄야 하네. 진실한 말로 입을 다스리고, 인자하고 꿋꿋함으로 거센 몸을 항복 받으며, 지혜로 생각의 어리석음을 없애면 인생이 풍성해지네. 이처럼 자신을 다스려 살면 근심 걱정과 비애와 고통을 받지 않고 살게 되지."

코끼리를 조련해 돈을 벌던 이 사람은 자신을 다스려 청정한 구도자가 됐습니다.

자신의 직업을 통해 영혼을 위한 깨달음을 얻어야 합니다.

섣부르게 판단하지 마라

깊은 산골에 오두막집이 한 채 있었습니다.

그곳에는 마음씨 착한 젊은 부부가 살고 있었는데 사내아이가 태어났습니다. 같은 날 집에서 기르고 있던 고양이도 새끼 한 마리를 낳았습니다.

마음씨가 비단 같은 아내는 고양이 새끼도 자기 아들과 똑같이 귀엽게 키웠습니다. 그러나 마음 한편으론 고양이 새끼가 자기의 갓난 아들을 할퀴지나 않을까 염려됐습니다.

어느 날 부인은 아기를 재워놓고, 물동이를 들고 남편에게 아기를 잘보라고 하면서 우물로 갔습니다. 그러나 남편은 무슨 일이 있겠나 싶어

고개 너머로 마실을 갔습니다.

　얼마 후, 커다란 구렁이 한 마리가 방안으로 들어와 아기가 누워 있는 곳으로 가는 것을 어미 고양이가 발견했습니다.

　'큰일났군. 아기에게 덤벼들면 야단이야.'

　이렇게 생각한 고양이는 필사적으로 구렁이에게 달려들었습니다. 엎치락뒤치락하는 싸움 중에 고양이는 큰 상처를 입으면서 구렁이를 물어 죽였습니다. 입과 온몸이 피투성이였고 구렁이에게 물린 상처는 아팠으나 주인집 아기가 무사한 것이 기뻤습니다. 그래서 이 사실을 아기 어머니에게 알리려고 뛰어가는 도중에 물동이를 인 부인을 만났습니다.

　고양이 입가에 피를 본부인은 다짜고짜 머리에 이고 있던 물동이로 고양이를 내리쳤습니다.

집에 당도한 뒤에 해도 늦지 않을 일이었습니다.

즐거운 시험을 치러라

어떤 회사에서 꼭 한 사람만 뽑는 시험이 있었습니다.

"새벽 4시 정각에 오시오."

응시자들은 이른 시간이지만 몰려들었습니다.

그러나 문이 잠겨 있었습니다.

쌀쌀한 날씨에 문까지 잠겨 있자 시험을 치러 모인 사람들은 불평하는가 하면 돌아가는 이도 생겼습니다.

아침 8시가 되어서야 문이 열렸으니 그럴 만도 했을 것입니다.

8시에 문을 조금 열더니 꾀죄죄하게 생긴 사람이 들어오라는 말은 하지 않고 얼굴만 삐죽 내밀고는 한 사람씩 불러 물었다.

"하나 더하기 하나는 얼마입니까?"

"해는 어느 쪽에서 뜹니까?"

"어머니 이름은 무엇입니까?"

실로 유치하기 이를 데 없는 질문이었습니다. 그러고는 시험은 끝났으니 돌아가서 기다리라는 것이었습니다. 돌아가는 사람들이 걸쭉하게 한 마디씩 뱉고 간 것은 뻔하지요.

며칠 후, 그중 한 사람이 합격 통지서를 받았다.

'당신은 본사의 신입사원 시험에 합격했습니다. 당신은 먼저 시간을 지키는 시험에 합격했습니다. 4시 정각에 당신이 도착한 것을 보고 있었습니다. 당신은 인내 시험에도 합격했습니다. 4시부터 8시까지 잘 기다리는 모습을 보고 있었습니다. 또 온유한 사람인가 아닌가에도 합격했습니다. 하잘 것 없는, 화낼 만한 질문에도 성실하게 대답하셨습니다. 시간 지키기, 인내, 온유, 이것이 당신을 뽑은 우리의 이유입니다. 축하합니다.'

시험이란 직장을 얻어서 밥벌이하려는 것만은 아닙니다. 이렇듯 날개를 얻어 수렁에 빠지는 즐거움, 평지를 걷는 심심함, 죽음과 삶의 고통에 실실 흘러나오는 웃음을 얻고자 하는 것입니다.

방법을 익혀라

위대한 수피 하산이 죽게 됐습니다.

누가 그에게 물었습니다.

"하산, 당신의 스승은 어떤 분이셨나요?"

"셀 수도 없이 많지. 그 이름을 대자면 아마 내가 눈을 감지 못할 거야. 그러나 꼭 세 사람만 말해 주지."

"첫 번째 스승은 도둑이었어. 어쩌다 도둑과 함께 살게 됐을 때, 그는 매일 밤마다 내게 말했지. 자기 일이 다 잘되어 간다고. 하나님의 뜻이라면서 말이지. 그러는 그는 늘 행복해 보였어. 결코 희망을 저버리지 않더군."

"두 번째 스승은 개였어. 몹시 목이 마른 개 한 마리가 강가로 오더군. 물을 마시려고 강물에 입을 대던 개가 그만 컹컹대며 짖는 거야. 물속에 비친 자기 얼굴을 보고 놀란 거지. 한참을 그렇게 짖던 개가 용기를 내서 물속으로 뛰어들더군. 개를 놀라게 하던 그림자는 순식간에 사라졌네."

"세 번째 스승은 어린아이였어. 길을 가는데 어린아이 하나가 촛불을 켜 들고 길을 걷는 거야. 그래서 내가 물었지. 이놈아! 너는 그 빛이 어디서 왔는지 아느냐? 아, 그랬더니 아이가 갑자기 촛불을 훅 하고 끄더니 내게 이러는 거야. 빛이 어디로 갔는지 똑똑히 보셨죠?"

스승은 헤엄치는 법을 배울 수 있는 수영장입니다.
거기서 헤엄치는 법을 익히기만 하면 모든 강물과 바다가
당신 것이 됩니다.

감탄사와 비명을 구분하라

　몇 달 전 우리집 개 댕견이(동경견: 경주의 토종개)가 장가를 들었습니다. 같은 종끼리 교접을 했으면 좋았겠지만, 삽살개와 단 1회 사랑을 나눴는데 8마리의 강아지를 낳았습니다. 그중에서 달랑 2마리가 댕견이었습니다.

　강아지 한 마리를 소 농장을 하는 분께 분양했습니다. 어느 식사 자리에서 강아지 낳은 이야기를 했더니 한 마리 기르고 싶다고 해서였습니다. 그냥은 가져갈 수 없다고 해서 위도 선착장 근방에 있는 매운탕 집에서 메기찜을 점심으로 얻어먹고 강아지를 가지고 농장에 갔습니다. 그런데 이게 웬일입니까? 소의 얼굴 모양이 모두 똑같았습니다. 내 눈으로는 구분이 어려울 만큼 똑같은 얼굴을 가진 소들이 일제히 나를 바라보는 것이었습니다. 마치 한 마리의 소가 둔갑술이라도 부리는 것 같은 착각이 들었습니다.

　"아니! 이게 어떻게 된 겁니까? 소의 얼굴 생김이 모두 같잖아요?"

　그러면서 주인은 내게 송아지들만 있는 외양간을 가리키며 말했습니다.

　"저 송아지들 보세요. 쟤들은 얼굴이 다르잖아요? 송아지 때는 암송아지와 수송아지의 얼굴이 달라요. 암놈은 갸름하고 수놈은 조금 울퉁불퉁하죠."

"그런데요?"

"그런데 송아지 티를 벗는다 싶으면 '거세'를 하거든요. 그러면 수송아지들이 점점 암소 얼굴로 변해가요. 그래서 큰 소가 되면 거의 같은 얼굴이 되는 거죠. 모두 거세되었기 때문이에요."

"거세요?"

"아, 그거 왜 있잖아요. '불알 까기'라고 하는 거요. 거시기를 잘라 버리는 거요."

"아! 그거요!"

마지막 말은 감탄사가 아니라 뭔지 모르는 절망에서 나오는 비명과 같았습니다.

내 집을 지어라

家(가), 屋(옥), 室(실), 堂(당). 모두 '집'을 나타내는 한자입니다. 대략 그 크기(평수)에 따라 붙여진 것입니다. 그렇게 집은 사회학적인 의미를 갖고 출발했습니다. 그러다가 차츰 형이상학적인 의미를 덧얻게 됐는데, 이를테면 '내가 무엇이 되다' 라든지 '내가 내 집을 쓰고 살게 됐다' 같은 경우입니다.

음악의 집을 지은 사람을 우리는 '음악가(音樂家)'라고 하고, 미술의 집을 지은 사람을 '미술가(美術家)'라고 하지 않습니까? 자기의 존재를 확인하면서 떳떳하게 산다는 뜻입니다.

이렇게 살아가는 사람들을 우리는 '일가(一家)를 이뤘다'라고도 합니다. 내가 있고 집이 있는 게 아닙니다. 집이 있으므로 비로소 내가 있는 것입니다. 사람은 집 속에 있어야 사람이지 집이 없으면 사람이 아닙니다. 집을 가질 때 비로소 그 인간은 무엇이 됩니다.

바로 이것, 이렇게 무엇이 되어서 보고 무엇이 되어서 움직이는 것이 무(無)입니다. 내가 무엇이 되면 그것이 무(無)고, 내가 무엇이 되어서 살면 그게 무위(無爲)입니다. 사람이 각각 무엇이 되어 자기로서 살 때 그것이 자연(自然)입니다. 무(無)가 되어 자기를 불사를 때 그것이 무위자연

232

(無爲自然)입니다.

장대비가 쏟아집니다. 장마가 오기 전에 집을 완성해 놓아
야 합니다. 늙음이 오기 전에 어느 한 방면의 전문가가 돼
야 합니다. 여기저기 기웃댈 시간이 없습니다. 그러다가
날 샙니다. 그게 허무한 인생입니다.

사흘분의 마음을 가져라

인도의 가장 복잡한 도시인 캘커타에서 고아와 거지를 돌보고 연고자 없는 시체를 잘 다루며 일생 동안 옷 두 벌로 살아간 사랑의 실천자 테레사 수녀가 있었습니다. 그가 경영하는 '사랑의 집'에 설탕이 떨어졌다는 소문이 들렸습니다. 캘커타에 사는 모든 사람들이 다 그 소문을 들었습니다. 그날 저녁 어떤 소년이 그의 어머니에게 말했습니다.

"오늘 저녁부터 사흘 동안 설탕을 먹지 않겠어요. 그 대신 먹지 않은 사흘분의 설탕을 제게 주세요."

사흘 후 그 소년은 자기가 아낀 설탕을 들고 사랑의 집을 찾아왔습니다. 그곳에 사는 많은 사람들이 그 소문을 들었지만 어린 소년 한 사람만이 사랑을 실천한 것입니다. 테레사 수녀가 노벨 평화상을 받고 난 후 기자가 물었습니다.

"수녀님, 사랑이란 대체 무엇입니까?"

수녀님이 대답했답니다.

"사랑이란 캘커타의 어린 소년이 자기가 먹을 설탕을 먹지 않고 아껴서 사랑의 집으로 들고 오는 '사흘분의 마음'입니다."

비행기를 타고 김포공항에서 일본 하네다공항으로 갈 때 얼마의 이산화탄소를 배출할까요. 승객 1인당 142kg을 배출한다(중앙일보 2009년 4월 16일자 보도)'고 합니다. 이처럼 제품의 생산 유통 과정에서 배출하는 이산화탄소 배출량을 제품의 포장지에 표기하기 시작했다고 합니다. 환경부 발표에 의하면 두부 한 모는 대략 275g이고, 코카콜라는 168g, 햇반은 329g이며, 정수기는 643g, 가정용 보일러는 자그마치 31t이나 된다는군요.

인도 소년의 '사흘분 마음'과 이산화탄소배출량이 무슨 상관이 있을까 싶습니다. 그런데 곰곰이 생각해 보면 그 '소년의 사흘분 마음'은 결국 이 시대 한 인간이 생존하며 내뿜는 이산화탄소의 배출량과 반비례합니다. 한 개인의 이산화탄소 배출량의 절대치가 그렇다는 게 아닙니다. '배려'와 '사랑'이라는 존재론적 철학으로 그렇다는 것입니다.

내가 먹는 음식의 종류와 양, 내가 타는 차의 크기와 시간, 내가 소유하는 공간과 물질의 부피가 마냥 '자랑'이 아닙니다. 부끄러움과 수치요 낭패입니다.

달항아리만큼 충만해라

　도자기를 하는 사람들의 마지막 작업은 달항아리를 빚는 거라고 해도 과언이 아닙니다. 물론 아름다운 물체성을 추구하는 조각가도 마찬가지입니다.

　그림은 손으로 만질 수 없습니다. 하지만 조각이나 도자기는 만지고, 부비고, 보고, 느끼고, 심지어는 작품의 소리를 들을 수 있습니다. 이걸 '물체성' 이라고 합니다. 물체이긴 해도 형체를 지닌 물체여야 합니다. 그리고 형체이되 달항아리처럼 둥근 구체일수록 보다 물체적이 되는 것입니다. 그러나 구체의 표면이 단순하지 않고 요철이 있거나 현란하고 어지럽다면 물체성이 약해집니다. 그러니 되도록 색이 현란하지도 그렇다고 투명하지 않아야 합니다. 단순하되 지루하지 않고, 현란하지 않으면서 깊은 색과 모양을 가진 '백자 달항아리' 처럼 말입니다.

　달항아리를 보고 있으면 물체가 지니는 조용한 세계, 뜨겁고 말랑말랑한 인간의 육체로는 도저히 도달할 수 없는 죽음 너머의 세계를 느낄 수 있습니다. 어디 그뿐이겠습니까. 물체성을 가지고 있으면서도 실은 그 충실한 물체성 안에 존재하지 않는 공허를 하나 가득 품고 있습니다. 속이 텅 빔으로 인해 생긴 그 팽창감은 물체성과 정반대의 속성을 보여

주고 있으니 신비롭기까지 합니다.

텅 빈 충만이란 가히 이를 두고 하는 말이 아닐까요?

Body, Feeling, Reason을 합쳐라

사람은 세 부류와 한 종류가 있습니다.

첫 번째 유형은 육체 지향형(Body-Oriented Type)입니다.

즉 형체만 볼 줄 아는 사람입니다. 그가 만약 어떤 진리를 들으면 그는 진리의 몸체만 만집니다. 그는 겉으로 본 것, 그게 진실입니다. 그가 어떤 이야기를 들었다고 가정한다면, 그는 들으면서 웃고 재미있어 할 것입니다. 그리고 집으로 돌아가 자기 자녀들이나 친구들에게 그 이야기를 전해 줄 것입니다. 그게 전부입니다. 그에게 있어서 진리는 그저 '이야기'일 뿐입니다.

두 번째 유형은 느낌(Feeling)을 갖고 사는 사람입니다.

곧 그는 어떤 느낌을 거기서 발견하는 사람입니다. 그 점에서 그는 어떤 형체, 곧 몸체만 보는 사람보다는 깊은 사람임에 틀림 없습니다. 그런 사람은 어떤 시적 감각을 발견합니다. 로맨틱한 감정이 열릴 수도 있습니다. 그에게 있어서 진리는 이야기가 아니라 '시(詩)'와 같은 감각으로 승화됩니다. 거기에 맞춰 울고 웃고 춤출 수 있습니다. 그게 전부입니다.

세 번째 유형은 이성인(Rational Man), 합리적인 사람입니다.

그는 그 진리의 뜻이 무엇인가를 이해하려고 노력합니다. 그리고 진리는 그에게 철학이 되기도 합니다. 또 다른 이론을 끄집어내기도 합니다. 그러나 그것들은 모두 메마른 것일 뿐입니다. 촉촉한 물기가 없습니다. 사물을 이론화하는 능력은 있지만 비유의 깊이가 없습니다. 앞에 말한 이들 셋이 일반적 형태의 사람입니다. 대부분 이 범주에 속해서 살다가 죽습니다.

네 번째 유형은 이 모든 것을 합친 사람입니다.

몸(Body)과 느낌(Feeling)과 이성(Reason)을 합친 사람입니다. 몸과 느낌과 이성을 모두 포함한 존재 말입니다. 이런 사람은 한 발 물러서서 자신을 들여다볼 수 있는 자기 객관화(Self Objectify)가 가능한 사람입니다. 여기서 자기 객관화라 함은 '명상(Meditation)'의 깊은 이름입니다.('깊은 이름'이라는 말을 유의해야 한다. 시중에서 한 달에 몇 만원 받고 파는 상품이 아니다.) 그는 어떤 사건이나 사물의 깊은 뜻을 이해하며, 그 진정한 뜻은 그의 삶을 변화시켜 줍니다(Life Transforming).

진정한 존재는 명상을 통해 자신을 끊임없이 객관화하므로 그 진리의 참뜻에 자신을 비추어 자기 자신을 변화시켜 가는 사람입니다.

제대로 낚아라

　고기는 미끼를 덥석 무는 게 아니라 훅 빨아들입니다. 대개 남쪽 사람들은 낚시질을 즐겼고 북쪽 사람들은 사냥을 즐겼습니다. 오래 전 풍습이 그랬다는 말입니다.

　옛날 선비의 낚시질은 그 뜻을 얻고자 함이지 고기를 얻기 위해서 하는 게 아니었습니다. 즉 낚시를 드리우고 세상 인심의 동향을 살피고 군자와 소인을 구분하는 법을 익혔던 것입니다. 무릇 군자란 상대를 속이지 않고 행동거지가 분명한 법입니다. 그러하듯 물고기도 미끼를 건드리지 않고 대번에 덥석 빨아들이는 놈은 군자에 비길 만한 큰 놈이라는 것이지요. 옛날 그림에 선비가 낚시하는 그림이 많은 까닭은 그러한 안목을 넓히는 방법 중의 하나였기 때문입니다. 모름지기 뜻을 얻고자 하는 마음입니다.

　하지만 그렇다고 낚시의 인격적인 당위성이 확보되는 건 아닙니다. 낚시는 굽은 행위이지 곧은 행위가 아니라는 점 때문입니다. 낚시를 뜻하는 한문은 '조(釣)'입니다. 그런데 '쇠 금(金)' 변에 낚시의 굽음을 형상한 '작(勺)' 자가 붙어 있습니다. 모양 자체가 굽은 것이 낚시요, 그 행위 또한 곧은 짓이라고는 할 수 없겠습니다.

잘못하면 제 입으로 들어가는 월척만을 도모하는 굽은 자
(釣)가 되지 말아야겠습니다.

계절을 느껴라

"얼씨구 절씨구 지화자 좋구나 차차차!"

본디 이 노랫말은 '얼씨구 절씨구 지하자졸씨구' 입니다.

한문으로는 '얼씨구 만씨구 지하자졸씨구(蘖氏求 卍氏求 至下者卒氏求)' 라고 씁니다. 여기서 '얼씨(蘖氏)'란 세상에서 가장 멸시 당하는 서자(庶子)의 씨를 뜻하고, '절씨(卍氏)'란 다 아시다시피 중님의 씨를 말합니다. 그러면 '지하자졸씨(至下者卒氏)'는 뭘까요? 그건 세상의 가장 밑바닥 인생에서 살다가 전쟁터에 나가 가장 궂은일을 해야 했던 졸때기의 씨를 말합니다. 그러니까 다시 말하면 '서자의 씨라도 받아야겠네', '중놈의 씨라도 받아야겠네' 하는 노래였습니다.

뭐, 폐휴지를 주워 가는 신촌리 아주머니가 그런 뜻을 알리야 없겠지만, 함빡 내린 봄비에 쑥쑥 자란 찔레의 새순을 꺾으며 부르는 노래로서는 조금도 손색이 없습니다. 〈단군고기〉에 보면 단군의 둘째아들 부우(夫虞)가 아들 열 명을 낳고 이름을 지었다고 합니다. 그게 갑, 을, 병…계(甲, 乙, 丙…癸)입니다. 다시 부우(夫虞)가 다른 나라의 여자를 아내로 얻어 열두 명의 아들을 낳고 자, 축, 인…해(子, 丑, 寅…亥)라고 이름을 지었다는 것이니, 씨를 받아 자녀를 낳고 이름을 붙이는 일이 얼마나 장

246

하고 벅찬 일이었는지 짐작할 수 있습니다.

'씨'는 이름을 얻고 '이름'은 씨를 기르는 계절의 혼몽함
을 느껴 보십시오.